22ª edição

Edson Gabriel Garcia

# Cochichos e sussurros

Ilustrações: Ricardo Montanari

ATUAL EDITORA

## Série Entre Linhas

Editor • Henrique Félix
Assistente editorial • Jacqueline F. de Barros
Preparação de texto • Lúcia Leal Ferreira
Revisão • Pedro Cunha Jr. (coord.) / Elza Maria Gasparotto / Maria Cecília Kinker
Caliendo / Célia R. do N. Camargo / Renato A. Colombo Jr.

Gerente de arte • Nair de Medeiros Barbosa
Projeto gráfico de miolo e capa • Homem de Melo & Troia Design
Diagramação • Edsel Moreira Guimarães

Suplemento de leitura e projeto de trabalho interdisciplinar • Ivana Calado
Impressão e acabamento • Forma Certa

### Dados Internacionais de Catalogação na Publicação (CIP)

Garcia, Edson Gabriel, 1949-
Cochichos e sussurros/Edson Gabriel Garcia; ilustrações Ricardo Montanari. — 22ª ed. — São Paulo: Atual, 2005. — (Entre Linhas: Adolescência)
Inclui roteiro de leitura.
ISBN 978-85-357-0434-1

1. Literatura infantojuvenil I. Montanari, Ricardo. II. Título. III. Série.

CDD-028.5

Índices para catálogo sistemático:

1. Literatura infantojuvenil 028.5
2. Literatura juvenil 028.5

*Copyright* © Edson Gabriel Garcia, 1988.
**SARAIVA Educação S.A.**
Avenida das Nações Unidas, 7221 — Pinheiros
05425-902 — São Paulo — SP
Tel.: (0xx11) 4003-3061
www.coletivoleitor.com.br
atendimento@aticascipione.com.br
Todos os direitos reservados.

22ª edição/10ª tiragem
2020

CAE: 602679
CL: 810357

# Sumário

Fogo cruzado  5

Pichação  13

Metrô  17

Videoteipe  21

Gargantilha  26

Corda bamba  30

Festa de aniversário  34

O primeiro beijo  42

Tchau  47

Por que não?  55

Tamanho não é documento?  61

O autor  69

Entrevista  71

*Na primeira edição, estes* Cochichos e sussurros *foram dedicados a um "punhado delicioso de mulheres". Mulheres amigas, amadas, colegas, distantes, próximas, profissionais, sonhadoras, admiradas, bonitas, simpáticas, inteligentes...*

*De lá para cá, alguns anos e muitas edições depois, o punhado de mulheres cresceu mais e mais. Seria impossível relacionar todas, as de antes, as de durante e as de agora. Por isso, peço-lhes licença para dedicar estes novos cochichos e sussurros a apenas uma mulher e nela homenagear todas.*

*Para Liza, hoje mulher, sempre minha pequena filhota.*

# Fogo cruzado

Cacau, voltando do recreio, como todos da classe, sentou-se na cadeira dura de todo dia procurando o material da próxima aula. Meteu a mão no vão livre da mesa e arrastou para o colo seus livros e cadernos. A classe parecia um galinheiro atacado por uma raposa fominha. Pegou o livro de textos da Língua Portuguesa e o livro-caderno de exercícios. Uma ponta de papel claro enfiado no meio do livro chamou a atenção do Cacau que, mecanicamente, puxou-o todo. Era um papel de carta, azul-claro, desses que as meninas pequenas gostam de colecionar, com um pequeno trecho digitado. De forma igualmente mecânica, começou a ler.

Cacau
Gostaria de conhecer melhor você.
Vânia

Cacau não fez juízo algum sobre a origem do bilhete, ou, por outra, imaginou que a brincadeira certamente teria vindo de algum maluco da classe. De volta ao burburinho da classe, amassou o pedaço de papel e aguardou o início da aula. Tudo teria acabado por aí mesmo se, três dias depois, grudado por um pedaço transparente de durex, ele não encontrasse novo bilhete, preso no seu esquadro. A princípio pensou em jogar fora sem ler o conteúdo, mas um toquinho de curiosidade fez com que abrisse e lesse a mensagem digitada.

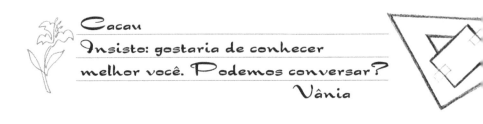

Cacau levantou uma vaga hipótese: e se não fosse brincadeira? Quem seria essa tal de Vânia? Assim, de repente, a única Vânia que ele conhecia era a moreninha magra da classe do Sabará. Mas... será?

— Acho que é ela, Cacau.
— Como você pode ter tanta certeza, Sabará?
— Eu não tenho... apenas acho. Se você quiser eu posso sondar.
— Não, não... Não tenho nada a ver com essa menina... não é meu tipo.
Do outro lado do corredor, na sala 18, Vânia pensava em Cacau.

Duas semanas depois, primeira aula da manhã, prova de Matemática, um inferno os números confusos tentando se ajeitar na cabeça do Cacau. Estudara firme, não queria saber de prosa fiada com essa matéria. Ainda bem que assim, logo no início da manhã, corpo e mente descansados, banho tomado, a vida inteira pela frente, era mais fácil fazer prova. Cacau foi direto para a classe. Em cima da carteira, um pedaço de papel dobrado preso no tampo de fórmica clara. Reconheceu o mesmo tipo de papel dos bilhetes anteriores. Uma estranha e incontrolável sensação de prazer tomou jeito dentro dele. No fundo, aquele terceiro bilhete estava agradando seu ego. Brincadeira que fosse e seria uma gostosa brincadeira. Mais apressado que das outras vezes, mais atento que antes, Cacau foi seco ao pote. Abriu o bilhete e leu curto e grosso, gostoso e firme:

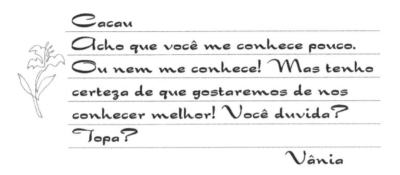

Cacau
Acho que você me conhece pouco. Ou nem me conhece! Mas tenho certeza de que gostaremos de nos conhecer melhor! Você duvida? Topa?
Vânia

A prova tomou um bocado de tempo do Cacau e boa parcela do seu pensamento. Vânia não era seu tipo mas... até que não era feia! Se não era bonita... droga de equação que não dava certo... era, pelo menos, muito simpática e – por que não?! – extremamente charmosa.

Um pouco de prosa com o amigo e confidente Sabará botou mais lenha no fogo e misturou mais o vinho e a água.

— Tenho quase certeza de que é ela, Cacau!

— Mas ela não é meu tipo.

— Corta essa de tipo, cara! Eu vi como você vem olhando para ela nos intervalos...

— Claro. Eu estou querendo descobrir se é ela mesmo!

— Desculpa.

— Desculpa ou não, ela também tem olhado para mim. Dá pra desconfiar que ela tá meio caidinha.

Sabará riu devagar, manso, bateu um tapinha nas costas do amigo e intimou:

— Vai firme, cara. Vale a pena.

Valendo ou não a pena, Cacau continuou seus dias com a mesma tranquilidade de antes. Apenas a lembrança do rosto moreno de Vânia misturava um pouco de inquietude à sua calma. Vez ou outra ele cruzava com ela num passo propositadamente mais lento e trocavam olhares. Se isso parecia normal — trocar olhares interessados com meninas —, o fato de que dois meses atrás ele não tinha a menor noção de quem fosse a Vânia incomodava seu sossego. Por outro lado, ele estava sem namoro combinado ou programado e em nada machucaria uma brincadeira com uma parceira que fazia questão de jogar primeiro e no ataque.

Foi depois de receber o quarto e o quinto bilhetes que Cacau resolveu topar a brincadeira proposta pela Vânia. O quarto bilhete veio misteriosamente preso num clipe dentro de um livro que havia pego na biblioteca. A mesma ironia certeira convidava:

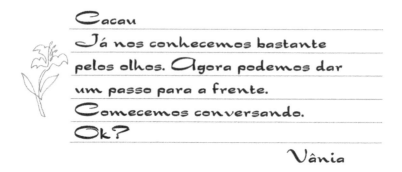

Cacau
Já nos conhecemos bastante pelos olhos. Agora podemos dar um passo para a frente.
Comecemos conversando.
Ok?
Vânia

O quinto veio mansamente trazido em mãos pelo Sabará. Riso maroto nos lábios, cara de quem quer mexer com a corda bamba alheia, foi logo sentenciando:

— É agora ou nunca.

Cacau abriu o bilhete, o mesmo papel, o mesmo convite descarado.

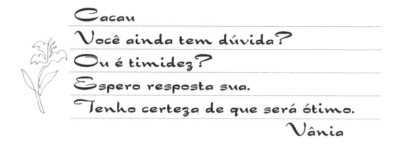

Cacau
Você ainda tem dúvida?
Ou é timidez?
Espero resposta sua.
Tenho certeza de que será ótimo.
Vânia

— Ei, cara, como é que você conseguiu esse bilhete?

— Eu não consegui coisa nenhuma. Foi ela, a Vânia, que pediu para eu entregar a você.

— Quer dizer, então, que é verdade!?

— O que é verdade?

— Isso... os bilhetes... é ela mesmo que está mandando.

— Claro. Eu já tinha suspeitas. Bastou apertá-la e ela confessou tudo e ainda me pediu pra entregar esse.

— Ela tá "amarradona"...

— Sei lá... Vai lá e pergunta.

— Ir eu vou... mas, e se quebrar a cara?

— Isso é com você. A cara é tua.

Cacau resolveu que ia. Tinha mesmo nada a perder, a não ser, no máximo, alguns poucos minutos de conversa. Resolveu que ia e que abordaria a menina ainda nesse dia, à saída das aulas.

No fim do período de aulas, ele apressou a arrumação do material, engolindo as últimas e cansadas informações do bigodinho do professor de História. Ganhou o corredor, o portão de saída e fez ponto ali na boca do gol. Era ela passar e ele chegaria.

Pensado e feito.

Vânia veio saindo, mochila preta jogada nas costas, conversando com uma das colegas de classe. Quando viu o Cacau parado na saída parece ter adivinhado o que vinha pela frente. Cochichou alguma coisa com a amiga, que se afastou, deixando livre o caminho.

Cacau encostou, nem tímido nem despachado, um pouco sem saber como iniciar a conversa. Foi ela quem abriu o diálogo.

— Você quer conversar comigo?

— Não... quer dizer... quero... você não quer conversar comigo?

— Ah, quero!... mas... não é você que quer conversar comigo?

— Não! Isto é... eu quero mas é você que quer!

— Eu não... você que quer.

Ambos ficaram um pouco atrapalhados com a sequência de contradições. Cacau retomou o fio da conversa.

— Bem, eu pensei que... você sabe... por causa dos bilhetes.

— Ah, os bilhetes!... Eles estão aqui.
— Como? Aí, com você?
— Ué... os bilhetes que você mandou estão aqui. Ou você já esqueceu, Cacau?

Cacau, sem entender bem a história, perguntou:
— Posso vê-los?
— Pode.

Ela, por instantes, procurou na mochila, no meio do material. Depois ofereceu a ele um punhadinho de papéis dobrados presos por um clipe.

Cacau começou a ler os bilhetes. Era a mesma folha de papel e o mesmo texto preciso e enxuto.

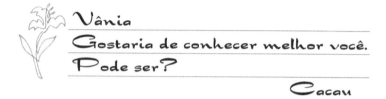

Vânia
Gostaria de conhecer melhor você. Pode ser?
Cacau

E o outro:

Vânia
Insisto. Gostaria de conhecer melhor você. Podemos conversar?
Cacau

Depois outro:

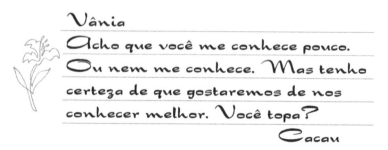

Vânia
Acho que você me conhece pouco. Ou nem me conhece. Mas tenho certeza de que gostaremos de nos conhecer melhor. Você topa?
Cacau

E mais outro:

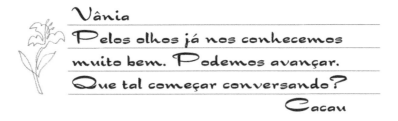

Vânia
Pelos olhos já nos conhecemos muito bem. Podemos avançar. Que tal começar conversando?
Cacau

E por último:

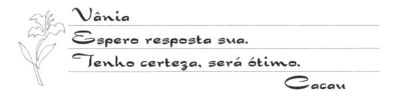

Vânia
Espero resposta sua.
Tenho certeza, será ótimo.
Cacau

Cacau terminou de ler e soltou uma gargalhada, diante dos olhos interrogativos de Vânia.
— O que é?
Ele procurou no bolso da calça um maço de papel dobrado e ofereceu a ela.
— Leia e você saberá.
Conforme Vânia foi lendo, um riso nervoso ocupou seu rosto. Parecia frustrada.
— Puxa! Quer dizer que não foi você quem mandou esses bilhetes para mim?
— Não. Também não foi você quem mandou esses para mim?
— Não.
— Então alguém brincou conosco.
— Pois é...
— É...
A conversa acabou por ali.
Dois dias depois, sábado de manhã, uma chuva fina, fria e insistente desanima de fazer qualquer programa. Cacau em casa, curtindo uma preguiça gostosa, folheava um trabalho de esco-

la que pedira emprestado ao Sabará. Este era jeitoso com as coisas da escola. As anotações estavam todas digitadas... Cacau passeava os olhos pelas letras digitadas, aqui e ali... De repente, clic:

— Foi o Sabará quem mandou os bilhetes! Sacana, gozou com a nossa cara o tempo todo! O texto digitado... ele é fanático por computador... esse desenho rebuscado das letras... só ele tem mania de ficar fuçando em busca de novidades no computador... Só ele mesmo usaria seu tempo nisso.

Apesar da descoberta, não ficara magoado com o amigo. Alguma coisa tinha acontecido dentro dele: o fim da brincadeira tinha deixado um apetitoso gostinho de quero mais. De tal forma que, quando ligou para o Sabará, em vez da bronca, pediu o telefone dela.

— Foi o Sabará, Vânia — disse-lhe pelo telefone.
— Que pena, né...
— ...

Conversaram durante mais de hora. No final, acertaram que tinham muito a conversar e que gostariam de se conhecer mais e melhor. Sem bilhetinhos.

Sem bilhetinhos. Começando por um cinema à tarde.

# Pichação

Está um pouco escuro. Passa das dez horas da noite. A rua é bem iluminada, mas justamente nesse trecho em que está o muro escolhido falta um poste e a claridade no pedaço depende apenas da lua. A noite é bonita; bonita e calorenta. Eu não sinto medo: medo de escuro, nunca! Mesmo que sentisse, seria um medo diferente daquele que tenho quando penso em falar com a Verônica sobre o que sinto por ela. Aí, sim, um medão danado desce (ou sobe... sei lá!) pela minha coluna, arrepiando os cabelos e os pelos do corpo. Ufa! Vontade brigando com o medo. Pois é... a lua clara fala baixinho comigo, me dá coragem. O muro está virgem, sujo mas virgem. Ninguém nunca pichou por ali. Não nessa mão de tinta. Enquanto agito o tubo do *spray*, que me custou o olho da cara, quase uma semana sem lanche, repasso o plano "pichação à noite, à tarde, indo pra escola, passamos juntos em frente ao muro... Com coragem, confirmo o que está pichado...". Certamente, Verônica vai ler a pichação e o nome do pichador: Pessoinha. Vai ser impossível não entender. O único Pessoinha num raio de duzentos quilômetros sou eu. Único em casa, da família Pessoa, apelido no diminutivo; único na cidade. Imagino Verônica olhando para o muro e para mim, meio sem jeito, esperando uma explicação. E eu:

— Esse Pessoinha sou eu.

E ela:

— Você?

Ou:

— Quem???

E eu, confirmando:

— Eu!

Bem... Se não acontecer nada, se não acontecer assim, não sei. Se ela fingir que não leu, não sei como agir em seguida. O Pedrão mesmo fala que as meninas são danadas e sabem disfarçar muito bem o que estão sentindo, só pra ver a gente com cara de bobo. Mas a Verônica não é assim, tenho certeza. Ela é diferente.

Agito mais uma vez o conteúdo do *spray* vermelho. Não sei quem ou o que está mais agitado: se a tinta vermelha do *spray* ou meu sangue. Nervoso, nervoso mesmo eu não estou. Não tenho medo do escuro, nem de pichações: já fiz tantas! Medo mesmo só de pessoas. Como aquele mal-estar que sinto quando estou perto da mãe dela. Mulher estranha. Conversa com a filha só com monossílabos que mais parecem resmungos do que diálogo. Desde a primeira vez que fui à casa dela foi assim.

— Não ligue pra minha mãe. Ela quase não fala, mas é boa gente.

E não fala mesmo.

— Mãe, esse é o Pessoinha, amigo da escola.

A mãe falou com os olhos, compridos, esticados, medindo meu comportamento.

— Ele mora na rua de baixo.

A mãe despachou um monossílabo, algo parecido com "hummmm".

— Vou sair com ele. Volto logo. Tchau.

De novo a fala mansa nos olhos concordando com a filha. Puxa, nem sei como a Verônica aguenta um silêncio desse tamanho! Depois ela me explicou:

— Minha mãe ficou viúva, de uma hora para outra, sem esperar. Ficamos, eu e meus dois irmãos mais velhos, sozinhos com ela e mais ninguém. Ela teve que arregaçar as mangas e tocar a vida em frente. Meus irmãos já estão casados.

— Agora eu entendo a cara feia.

— O quê?

— Nada não, Verônica.

Ela me olha de soslaio, cúmplice da brincadeira, e nada diz. Sabe das coisas, a menina. Mais do que as outras da turma. Por isso a pichação.

Faz uns cinco minutos que eu cheguei ao muro. Nunca demorei tanto para pichar. Aliás, o sucesso do pichador depende da decisão e da rapidez com que faz a arte. Estou demorando um pouco além do necessário. Logo passa alguém e quebra meu segredo. Preciso decidir: ou agora ou não mais.

A tinta vermelha, nervosa dentro da lata, pede para sair. Olho em volta e não vejo pessoa alguma. Só a lua teimosa espiando meu segredo. Aperto o pino do *spray* e a tinta sai gostoso, forte de cheiro, manchando o muro virgem. Rapidamente, mas calmo, porque decidido, vou escrevendo letra por letra, palavra por palavra, compondo no muro minha declaração.

Acho que não saiu com erro de Português. Boa aluna como é, ela é capaz de prestar atenção mais nos erros e acertos gramaticais do que na declaração. Dou dois passos para trás, com intenção de apreciar meu trabalho. Um fio de tinta escorre da letra V e desce zombando da minha preocupação. Mesmo assim está bonito.

Tapo o tubo de *spray* e penso na mãe da Verônica. Se ela visse a pichação, acho que não ficaria calada desta vez e certamente diria qualquer coisa assim: "Que mau gosto!", ou "Que coisa mais feia!".

Ainda bem que agora, quase uma hora da tarde, estamos indo para a escola apenas eu, a Verônica e a minha irmã mais nova. Vai ser mais fácil, assim com menos gente, estar perto da Verônica para ver sua reação e conversar com ela.

Vamos andando, conversando banalidades: a prova marcada, o colega insuportável, o humor da professora de Matemática... O muro fica logo ali, depois da esquina, virando-se à direita, segundo terreno. É o maior de todos, imponente, grande, impossível não ler a pichação.

Mais algumas dezenas de passos e dobramos a esquina fatal. Pronto: ali está o muro pichado à nossa espera. O que dirá Verônica?

Verônica não disse nada.

E nem poderia ser diferente. Verônica não leu coisa alguma no muro e por isso mesmo não fez nenhum comentário. Por uma dessas vulgares ironias da vida, o dono do terreno deve ter resolvido reformar a construção e começara pelo muro. Quando nós passamos diante do que deveria ser a minha declaração, um pintor dava os últimos retoques com uma tinta verde-escura, apagando o que seria, com certeza, a primeira grande emoção da minha vida.

# Metrô

Ele recebeu o bilhete que o vendedor, atrás das cabines envidraçadas, passou pela abertura e caminhou entre a pequena multidão rumo ao local de parada dos trens. Todo dia quase sempre as mesmas coisas, as mesmas pessoas, a mesma porção de loucura e confusão acompanhando aquela gente. Introduziu o bilhete no vão indicado e transpôs a borboleta eletrônica. Aguardou de pé, pensando sabe-se lá o quê desse final de adolescência, começo de idade adulta. Meio minuto depois, um vulto prateado, de bico iluminado, cortou o túnel áspero e bem aparado vindo manso e imponente parar a poucos centímetros dos passageiros.

Todos entraram. Dentro do veículo laminado, os passageiros se assemelhavam, as caras enterradas no jornal do dia, na revista de esporte, no *best-seller*, no caderno da escola. Cada gota de tempo que escorregava entre uma e outra estação precisava ser bem usada.

Ele se acomodou. Sorte. Nem sempre, àquela hora, conseguia lugar para largar o corpo cansado.

O trem, rápido, pôs-se a caminho de seu destino, movido principalmente pelo desejo apressado dos passageiros de chegar aonde queriam.

— Próxima estação...

O ruído impessoal da voz metálica indicava as paradas aos mais desatentos.

Foi assim, numa dessas paradas, que ele a viu. O carro em que estava, anunciada a estação, diminuiu voluntariamente a marcha e foi parando, parando. No mesmo instante, o outro carro vinha em sentido contrário, diminuindo de igual modo a velocidade, parando na mesma estação, do outro lado da plataforma de desembarque. Foi assim entre dois murais, usados para fazer a propaganda de tênis, cigarros, limitado apenas por duas fortes janelas de vidros pesados, grossos e claros, que ele a viu, dentro do outro carro, conversando com alguém:

— *Por que você se lembrou disso agora?*
— *Não sei... quem sabe lá o que regula a portinha das lembranças.*
— *Tanto tempo...*
— *Cinco ou seis anos.*
— *Vocês nunca mais se viram?*
— *Não.*
— *Você não quis?*
— *Até quis, mas não deu. A gente era pouco mais que criança... mocinho e mocinha recém-saídos da infância. Mas foi uma ligação muito* forte.

Mais um gesto com as mãos... o vaivém harmônico dos lábios... ele teve certeza: era ela. Apesar dos anos que não se viam, o rosto dela não fora afastado dos guardados de sua lembrança. Se o destino pregara uma peça em ambos, separando-os sem direito a conciliação, devolvia agora, ainda sem correção monetária, a mesma moeda antes tomada. Bastava apenas furar o bloqueio da janela de vidro. Questão de segundos.

Mas não era tão fácil assim.

Foi impossível remover o vidro de sua janela. Seria preciso pensar depressa em outra solução. Ele não tinha nada que pudesse atirar, acreditando na certeza da pontaria, para fazer barulho no vidro, chamando a atenção da moça. Olhou em volta e nada viu. Os carros do metrô, desgraçadamente, estavam sempre limpos.

Pensou em gesticular. Talvez uma sequência de gestos de braços pudesse chamar-lhe a atenção. Quantas vezes ele mesmo não gastara parte de seu tempo analisando pacientemente a coreografia de alguma gesticulação extravagante. Ergueu os braços, cruzou-os e descruzou-os seguidamente, a princípio meio sem jeito, sob os olhares implacáveis de alguns passageiros, mas depois acelerando o ritmo do movimento.

No outro carro, alguns passageiros olhavam distraídos a expressão exagerada daquela estranha sinfonia de gestos. Alheia a tudo, ela continuava a conversa.

— *A gente se ligou muito... Era uma coisa forte.*

— *E por que acabou?*

— *Uma briguinha boba, dessas tantas que acontecem aos montes na vida de todo mundo.*

— *Se foi só isso...*

— *Não foi só isso. A sorte não jogou do nosso lado. Meu pai teve que se mudar, por causa do emprego, e levou junto toda a família. Eu fui, também, de mudança, com transferência de escola, de amigos e... de amor, sem direito a reclamação.*

— *E não deu pra procurá-lo depois?*

— *Não deu, não... Fiquei sem telefone... Envolvida com novos amigos, nova escola.*

— *Vocês nunca mais se viram?*

— *Não.*

— *Então não era tão forte!*

Nem mesmo aquela mistura menos estética de seus gestos chamou a atenção dela. Os passageiros que entraram na nova estação começaram a acomodar-se nos lugares vagos. Não havia outra saída, a última e desesperada tentativa seria gritar por ela. Mas onde? Ele parou bruscamente de gesticular, olhou à sua volta e viu as portas do carro ainda abertas. No mesmo instante, a voz desumana do controlador deu o sinal de que as portas seriam fechadas. Numa fração de segundos, antes do final do zumbido metálico, ele estava meio corpo fora, a boca aberta, as entranhas gritando o nome dela:

— Anaaaa!

A palavra e o nome ganharam espaço no frio escuro do túnel e, fazendo cócegas no cimento concreto, perderam-se no barulho da marcha já acelerada do trem.

— *Então não era tão forte!*
— *Era... Era muito... Não o esqueci. Quando pude voltar, uns dois anos depois, ele também havia mudado de casa. Encontrei só um colega da turma de antes que não soube me dizer para onde ele havia ido.*
— *E se você o encontrasse de novo? Hoje, por exemplo, aqui no metrô?*

Ela riu, um riso franco, meio amarelo, um riso de descrença em acasos. Ajeitou o jornal fechado sobre o colo e respondeu, levantando-se:

— *Eu desço na próxima.*

# Videoteipe

Ela, decidida a esclarecer o assunto:
— Por que você fez isso?
Ele, olhando de lado, como que procurando no vazio uma resposta para o nada:
— Não sei...
— "Não sei" não é resposta.
— É, quando não se tem outra.
Ela pisca um dos olhos, cismada, sabendo que a conversa ia ser mais difícil do que imaginara.
— Impossível não ter resposta. Ninguém te obrigou a fazer o que fez! Você fez porque quis, oras. E se fez porque quis, sabe exatamente o que faz e por quê.
— Não sei e isso é tudo.
Ela, endireitando o corpo magro na almofada de plástico barato rasgado aqui e ali:

– "Isso é tudo"! É fácil para você responder assim. "Isso é tudo" acaba a discussão. E eu, como fico?

Ele, reticente, nem covarde nem indiferente:

– Não tenho mais explicações. Há coisas que não têm explicações, respostas...

– Ótima saída. Você me surpreende. Logo você, que sempre assumiu tudo, que sempre me encorajou a ser o que sou.

– Pois é...

– Você poderia pelo menos ter me prevenido. Isso não é coisa que se faça com uma pessoa de relacionamento próximo.

– Eu sei.

Ela, irônica, buscando na ironia uma arma que, não tinha certeza, poderia ser de alguma valia.

– Ah! Pelo menos isso você sabe! Que mais você sabe?

Ele buscou encontrar nos olhos dela um pedaço de confiança. Arrumou o último botão da camisa entreaberta e chutou afavelmente um palito de fósforo riscado jogado no chão.

– Sei meu nome, minha idade, onde moro...

Ela, enfática, irritada:

– Não seja ridículo.

Silêncio morno entre os dois. Mistura de gestos contraídos, mal pensados, e respirações com cadência marcada, suspirada.

Ela, de novo no ataque, interrogatório retomado:

– Eu não me conformo. Isso é coisa que se faça! Logo para mim!

– Eu não fiz pra você!

– Como não? Como não???

– Eu fiz por mim, para mim... Não pensei em fazer ou deixar de fazer pra você.

– Mas fez! E não pensou em mim.

– Tem certas coisas que a gente faz sem pensar especificamente em uma ou outra pessoa.

– Conversa fiada.

Sem resposta. Ele recuou, sem argumentos, ou sem vontade de continuar a conversa.

Ela cutuca, insiste.

— Conversa-fiada... Por quê? Que boba fui eu, acreditando em você.

— Não, não houve bobeira. Eu sempre fui sincero com você.

— Então por que desta vez não?

Assim, cansado de repetir os mesmos argumentos evasivos, ele replicou:

— Dessa vez foi diferente. Mas isso não muda nada entre nós.

— Fingido! Ou está querendo gozar da minha cara?

Ele recuou, passou a mão esquerda pelos cabelos ralos, lisos e pretos despenteados, fingindo manter uma aparência decente.

— Nem uma coisa nem outra. Estou tentando explicar, você não aceita.

— Aceitar o quê? Que você fez o que fez e quer que eu finja que não aconteceu nada, que não foi comigo?!

— Também não é assim.

— "Não é assim!" Então como é que é?

— Bobagem, deixa pra lá...

Ela, enfurecida, procurando dominar a raiva, senhora calma de suas palavras:

— "Bobagem"... Você chama isso de "bobagem"... Não é possível, meu Deus! Estou sonhando!

— Sonho ruim, vai passar...

— Pesadelo nunca acaba.

— Acaba, tudo acaba!

Pausa. Ela refletindo, ainda senhora de seus pensamentos:

— Tem razão, tudo acaba.

Levantou-se desfazendo-se da almofada barata, e disparou:

— Você tem razão, tudo acaba. Adeus.

Sem direito a mudança.

●

Paula e Robson leram pela última vez o manuscrito passado a limpo.

— Ficou bom?

— Acho que sim.

— Será que a professora vai gostar da história?

— Se não gostar, azar o dela!

— Pensando bem... isso lá é trabalho de escola?! Uma história tão legal, difícil encontrar assim, e a professora estraga o barato mandando a gente reler e inventar outro final.

Depois de terem lido uma noveleta e se deliciado com a história, Paula e Robson não conseguiram encarar a tarefa de inventar um novo final como uma proposta razoável.

— O pior é que ela sabe que nós dois não escrevemos assim.

— Quem mandou fazer este trabalho foi ela, não eu! Inda por cima estragar o que escritor fez benfeito.

— Estragar, até que não... A Beatriz fez benfeitinho. Eu gostei. Você não?

— Gostei, claro. Dá pra engolir...

O trabalho foi entregue, a professora gostou e até elogiou.

O tempo passou, vieram outras leituras, outras tarefas escolares. Duas semanas depois, Paula e Robson, donos de uma transa bonita, gostosa, intensa, e de muitos segredos juntos, tinham um problema a resolver. Alguma coisa tinha rompido o fio invisível que unia a sensibilidade dos dois. Alguma coisa que Paula sabia. Robson também. Uma faca afiadíssima que sangra e corta a carne macia metera-se entre os dois fazendo estrago.

Os dois marcaram um encontro para discutir sua transa, que parecia seriamente abalada. Paula iniciou a conversa, decidida a esclarecer o assunto:

— Por que você fez isso comigo?

Ele, olhando de lado, como que procurando no vazio uma resposta para o nada:

— Não sei...

Ela ia responder "'não sei' não é resposta", mas o sangramento ia longe e era mais profundo do que podia suportar. Não dava mais liga nem cola. Não tinha mais conserto. Lembrou-se vivamente do final da história inventado pela amiga Bia. Alguém, em algum lugar, já tinha vivido ou escrito algo assim. Não dava para continuar a conversa; ela já sabia o fim da história. Teve força apenas para comentar:

— A Bia tinha razão e escreveu certo: tudo acaba. Adeus, Robson.

# Gargantilha

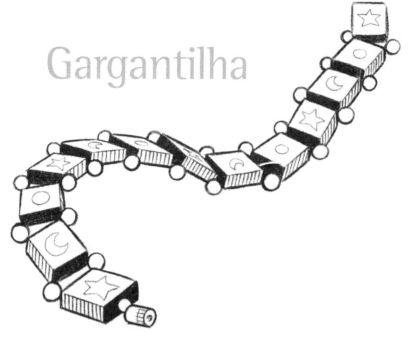

— Que gargantilha bonita, mãe!
— Quer pra você, Gabi?
— Pra mim?

Os olhos de Gabriela refletiram o brilho das contas de madeira colorida, já se imaginando com a gargantilha no pescoço.

— Pra você, sim.
— Ô mãe, claro que quero!
— Então é sua.
— Que bom!

Bom mesmo, pensava Gabriela, era ver a mãe mexer no velho baú de madeira que ela guardava no quarto. Cada vez que a mãe abria a mala do passado sobrava um presente para a filha.

Gabriela correu para seu quarto, abriu a porta do guarda-roupa, deixou à mostra o espelho e olhou sua imagem ali refletida, evidentemente com o pequeno colar de contas de madeira no pescoço, seguro pelas mãos.

— Que bonito...

Num minuto, Gabriela aprontou-se para encontrar a turma e mostrar o novo presente velho. Ajustou a blusa de malha Hering sobre o *jeans* surrado, amarrou mais firme os cordões do tênis, não sem antes correr ao banheiro e limpá-los com um pano úmido, ajeitou os cabelos lisos e curtos num leve balanço de cabeça, meteu uma jaqueta cáqui e ganhou a rua.

Era sábado, fim de tarde, depois de uma dura semana de aulas. A temperatura quente do dia dava lugar a uma tarde morna e abafadiça.

Andou depressa em direção à casa de Lu. Lá, no murinho da frente, a turma se reunia aos sábados. Meia dúzia de passos gigantescos e ela chegou. Ali estavam a Marina, o Rodrigo, o Ale e a Lu.

Gabriela cumprimentou-os, toda lantejoula.

— Oi.

A resposta veio logo, a mesma de sempre.

— Oi, Gabi.

— E aí?

— Sem o que fazer. Nenhuma festa, nada de dança, nenhum *show* à vista.

Gabriela estufou o peito, ergueu mais o pescoço e, toda pose, comentou:

— Bonito dia, não?!

O pessoal entreolhou-se, estranhando a observação.

— Bonito... E daí?

— Nada, nada...

— Alguém já começou a ler o livro que a professora de Português mandou?

— Eu comprei, mas ainda não comecei a ler.

— Que droga! Cada livro chato...

— Ela bem que podia deixar a gente escolher o livro.

O papo foi por aí. Mais alguns dedos de prosa e ninguém se manifestou sobre a gargantilha de Gabriela.

— Puxa, que blusa bonita a sua, Lu. É nova?

— Que nova, Gabi?! Você tá louca? Tem pra lá de dois anos!

— Ah... eu nunca tinha visto.

Nem assim, nem puxando assunto sobre coisas novas, o pessoal botou reparo no colar novo de Gabriela.

— Já vou indo, pessoal.

— Já?!

— Já. Vou sair com minha mãe.

Nada disso. Gabriela ficara chateada com o absoluto descaso da turma por seu novo colar velho. Em vez de ir para casa, ela foi mesmo para a casa da Regininha, sua melhor amiga. No meio do caminho, desviando-se dos buracos das calçadas, comentava com seus botões:

"Que é que eles estão pensando? Fazendo pouco caso de mim?! Eles que esperem só a próxima vez que alguém aparecer com um tênis novo... E a Lu, nem se tocou com meu comentário sobre a blusa dela!... Claro que eu conhecia a blusa. Deixa estar: quando ela pedir alguma coisa emprestada, vai ver só. O Rodrigo então... parece gente. Se a professora de Matemática ficasse sabendo que ele passa cola em todas as provas, aí eu queria ver aquela cara de mais esperto que os outros!..."

Mais um pouco e Gabriela chegou à casa de Regininha.

— Oi, Gabi. Que bom que você veio. Eu ia passar na tua casa. Estou fazendo aquela pesquisa de opinião sobre violência na cidade...

— Chi... Regininha, eu nem comecei.

— Não tem importância. Eu só queria tirar uma dúvida.

— Se eu puder...

A conversa durou pouco, o suficiente para passarem a limpo as preocupações de cada uma, as últimas novidades da escola e acertarem o programa de domingo.

— Amanhã, depois do almoço, eu vou na tua casa. De lá nós vamos.

— Te espero, um beijo.

— Um beijo.

Na primeira esquina, Gabi desabafou ao vento:

"Que cara de pau! Meia hora de papo-furado, meu pescoço na frente dela e nada!..."

Apressou-se em direção a sua casa.

"Não tem importância, na próxima vez que ela quiser desabafar comigo, aí eu abro o jogo e pago na mesma moeda. Quem emprestou o ombro pra ela chorar quando a Paula roubou seu namorado? Quem empresta o ombro toda vez que ela briga com a mãe? E quem empresta o ouvido para escutar conversa fiada?"

Assim, nem triste, nem alegre, apenas aborrecida, Gabriela chegou e entrou em casa.

— Já de volta, Gabi?

Gabriela mastigou um "já" meio casmurro e meteu-se no seu quarto. Ao bater a porta com certa impaciência, pôs a boca no mundo:

— Já não se fazem mais amigos como antigamente!

No quarto, procurou a cama, onde pretendia se deitar e descansar a pequena nódoa de aborrecimento. Mas qual!... Em cima da cama, majestoso e imponente, estava o colorido colar de contas de madeira!

Gabriela teve o corpo percorrido por um choque. Abriu a porta do guarda-roupa e viu o óbvio no espelho: o pescoço estava nu!

— Putz!

Não havia outra coisa a fazer. Saiu correndo de casa, gritando para quem pudesse ouvi-la:

— Meus amigos são ótimos!

A mãe, sem entender coisa alguma, ia dizer palavra mas desistiu. Gabriela já estava na rua, correndo no calor abafado da tarde, com a gargantilha nova de contas velhas na mão esquerda.

# Corda bamba

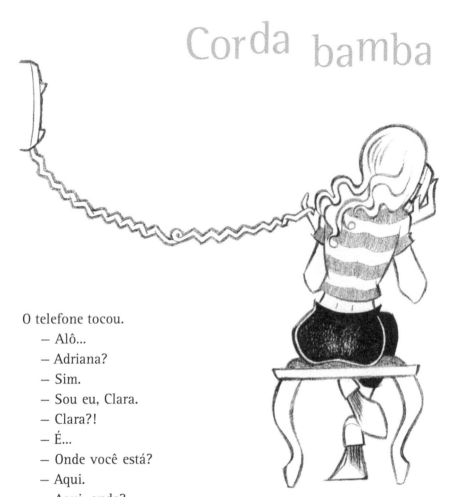

O telefone tocou.
— Alô...
— Adriana?
— Sim.
— Sou eu, Clara.
— Clara?!
— É...
— Onde você está?
— Aqui.
— Aqui, onde?
— Em casa.
— Ué... Você não deveria estar a pelo menos dois mil quilômetros daqui, numa calorenta praia do norte?
— Eu não fui.
— Você está brincando!
— Não fui mesmo.
— Que é que há, menina? Umas férias dessas, um calor desse, uma boca dessa e você... Pô, Clara, algum problema?
— Um probleminha.
— Que tamanho?

— Sei lá, Dri. Você, alguma vez, conseguiu medir o tamanho de um problema?

— Chiii... Pelo tom de voz, a coisa deve ser grave...

— E é.

— Posso saber qual é o grilo?

— Foi por isso que eu liguei.

— Então, desembuche, companheira.

Breve pausa. Clara, silenciosa, reunia ânimo para continuar a conversa.

— Acho que estou gostando...

— ... de alguém!

— Acho que sim.

— Viva, até que enfim! Quem é? O Marcão?

— Não. O Marcão acabou faz tempo. Você sabe.

— Nunca se sabe, né, Clara? De repente, uma recaída...

— Não, com ele acabou mesmo.

— Então quem é o feliz ganhador desse coração sofrido?

— Depois eu te conto. Tenho medo de não dar certo, de ser ilusão minha, ou brincadeira dele.

— Segredinho comigo, Clara?

— Não é segredo. Dá um tempo. Não estou segura.

— Hum... Até posso imaginar esses olhinhos pretos, pequeninos, olhando aqui e ali, sem sossego. Mas conta essa história desde o começo, Clara.

— Tem pouca coisa pra contar.

— Mas tem coisa escondida. Conheço você, Clarinha. Tem coisa escondida aí.

— Não tem não.

— Então, fala. Solta essa história de amor... Que adjetivo vamos dar: Triste? Sem fim? Incompleto?...

— Pare com isso, Dri!

— Já parei. Agora, fale.

— Bem... Essa história não teve dia marcado pra começar... Não me lembro quando foi que trocamos olhares mais sérios pela primeira vez...

— Isso dá filme, Clara.

— Acho que foi há uns três meses, mais ou menos. Ele estava com a namorada...

— Então é esse o grilo.

— É.

— Mas não é seu. O problema é dele e dela.

— É meu também. Eu sou a famosa terceira ponta do triângulo amoroso.

— A ponta privilegiada...

— Sabe, quando você convive com as pessoas sem notar nada de diferente ou especial... De repente, um dia, dá um clique. Acho que a convivência vai se ajeitando dentro da gente até que explode.

— Depois desse primeiro clique... ligou a eletricidade...

— Depois desse, seguiu-se uma conversa silenciosa pelos olhos. Até a primeira palavra de compromisso, de ligação...

— E a namorada do cidadão sem perceber...

— Sem perceber... Isso me faz mal.

— Ô Clarinha! Vocês escondem bem!

— Não é tanto assim, Dri. Conversamos algumas vezes, sabendo que nasceu um sentimento forte entre nós...

— Só isso?

— Não. Nos conhecemos um pouco mais...

— Lembra-se do para-choque de caminhão?

— E o que tem isso a ver com para-choque de caminhão?

— Com para-choque, nada. Mas com o que está escrito no para-choque, muito.

— E o que está escrito?

— Que amor sem beijo é como macarronada sem queijo!

— Ora, Dri. Vá plantar batatas!

Adriana riu gostoso pelos fios da telecomunicação.

— Alguém já disse: ao vencedor as batatas!

Pausa.

— Acabou?

— Não. Você não me deixa falar!

— Você fica enrolando, Clara. E daí?

— E daí que a coisa caminhou nesse compasso: eu, ele e a namorada.

— A que não sabe.

— Pelo jeito, não.

— Por que "pelo jeito"?

— Porque eu pedi a ele que falasse com ela, antes de firmarmos qualquer coisa entre nós. Pedi antes de eu viajar.

— E ele?

— Não falou. O que você acha disso, Adriana?

— Nada de especial, pra te falar francamente. Eu acho que está cheio de casos como esse. Acho que quando alguém gosta de alguém, certamente outro alguém estará perdendo... Tem um comentarista de economia da televisão que diz que em matéria de economia ninguém tem algo pra dar que não seja tirado de outrem. Acho que é mais ou menos assim.

— Mesmo quando as três pessoas se conhecem e as duas pontas do triângulo são amigas?

Adriana foi atingida pelo recado. Engoliu sua fala galhofeira.

— Você quer dizer que é amiga da namorada dele, Clara?

— Quero dizer isso mesmo, Adriana.

— Bem, aí o caso muda de figura.

— Você percebe agora a causa da minha aflição?

— Percebo...

— E agora?

— Agora... — Adriana fez uma pausa. — Eu faria a mesma coisa que você fez. Ele tem que escolher: uma ou outra.

— E dá pra viajar assim, Adriana?

— Não, não dá.

Pausa prolongada.

— Eu conheço?

— Conhece, Adriana.

— Sou eu?

— É... Uma de nós vai dançar...

Clara não terminou de falar. Do outro lado, um barulho seco de fone no gancho pôs fim à conversa.

# Festa de aniversário

— Vamos conferir tudo outra vez. Não quero ser pega de surpresa, na hora da festa, por causa de alguma coisa esquecida.
— Outra vez, mãe?
— Seguro morreu de velho!

Ela me deu um beliscão nas nádegas que fez mais cócegas do que dor e arrematou:

— Vamos lá, vamos lá. Pegue uma folha de caderno. Eu vou falando e você vai anotando. Escreva aí: salgadinhos...
— Muitos, dona Sônia...
— Trezentos. Você apanha a encomenda no supermercado, amanhã, às quatro; junto, traz o bolo.
— Chiiii... Tem bolo! Aniversário de criança!
— Não é só criança que gosta de bolo. Continue anotando: salgados, bolo e bebida.
— Uísque ou cerveja?

Nunca sei se deixo essa garotada beber. Eles gostam e eu não. Fico apreensiva — acho que como todo mundo que vê um grupo de mocinhas e mocinhos numa festa qualquer. É sempre aquela dúvida: se bebem, me preocupo; se não deixo, botam a boca no trombone, dizendo que os pais reprimem, que não estão acompanhando os novos tempos e que um dia — e isso é uma verdade absoluta — vão beber quer queiramos ou não. Enfim...

— Uísque, seu pai tem um pouco... Cerveja, falta. Não compre muito. Só de latinha.

— Cinco pra cada convidado...

— Tá sobrando dinheiro?

— Economia em cima do meu aniversário? Essa não!

— Duas pra cada um. Nem mais nem menos! E meia dúzia de refrigerantes.

— Hum... Vou tomar um porre de guaraná.

— Dançando *rock* pesado. Anote aí: som, ok; CDs, ok; e... a lista dos convidados?

— Peraí, mãe. Convidados é meu departamento!

— Eu sei. Estamos apenas conferindo, não é? Posso, pelo menos, saber quais são seus convidados?

— Não, ainda não fizemos a lista dos convidados.

— Não "fizemos"? Quem vai fazer a lista com você? Seu pai? Seu irmão?

— Não. O Júlio e o Kid. Daqui a pouco eles virão pra cá e nós vamos fazer a lista.

— Deixa pra última hora, depois não encontra ninguém em casa.

— Vira essa boca pra lá, dona Sônia.

Confesso que fiquei um pouco preocupada com essa de ainda fazer a lista de convidados. Em cidade grande, as pessoas costumam marcar compromissos com vários dias de antecedência. De repente, numa bobeada, transferir a festa é uma chatice. Enfim...

Pouco tempo depois, o barulho da campainha anunciou a chegada dos dois amigos de Guilherme. Fiquei mais aliviada. Certamente fariam a tal lista, garantindo a presença de convidados na festa.

Não me meti na conversa deles. A festa, afinal, não era minha. Deixei-os à vontade. Fiquei por ali, ouvindo pedaços de conversa.

— Chegando, pessoal.

— Olá...

— Olá...

— Pronto pra farra?

— Pronto.

— E o resto do povo?

— ...

— Com o Léo, mais nós três, somos quatorze ao todo. Agora vamos ver as meninas.

— Aqui da vizinhança tem a Márcia e a Débora.

— Qual Débora? Aquela que usa aparelho nos dentes?

— É.

— Pô, chama só a outra. Deixa essa de fora.

— Por quê? Só por causa do aparelho?

— Não, mas por isso também. Você já beijou menina que usa aparelho nos dentes? Parece que tá lambendo ferro!

— Que exagero! Depois, quem disse que você vai beijar a Débora? De repente, ela se liga em outro...

— Eu nem quero essa pra mim.

— Você tá brincando, Kid. Você nunca beijou uma menina... Como é que sabe o gosto do aparelho de dente?

Não quis entrar na conversa. Ainda mais que, entre as poucas certezas que tenho cá pra mim, uma é a de que nem tudo que me parece bom, gostoso, interessante, pode ser ou parecer o mesmo para outra pessoa. É a tal da relatividade, do ponto de vista. E se todos gostassem apenas do vermelho??!

— E a Duda?

— Ela tem namorado.

— E eu sou besta de chamar o namorado dela? Vem sozinha, cara.

— Será?

— Certeza.

— Eu não tenho certeza. Mas a gente chama... O resto é com ela.

— Avisa ela pra trazer a Verinha junto.

— Qual Verinha?

— Amiga dela.

— Aquela das sardas no rosto?

— Sardas, não! Aquilo são pintas e bem charmosas.

Tem gosto pra tudo, eu já sabia. E, se não soubesse, aprenderia, ali, ouvindo a conversa. Sardas no rosto podem ser, dependendo do interessado, pintas, pintinhas, pintas charmosas.

— Da classe, quem vem?

— A Celinha, a Verinha... a Paula...

— A Paula gorda?

— Ela não é tão gorda assim.

— Não é pra você. Pra mim, já passou de gorda há muito tempo.

— Tem quem gosta.

— Eu não.

— Nem eu.

— Pô... Ela não é tão ruim assim!

— Então, chama!

— Bom, se a maioria acha que não...

E a conversa foi por aí. Durante mais de uma hora, eles confabularam sobre as mais diferentes características das convidadas: os óculos de uma, que certamente atrapalhariam na dança corpo a corpo; os estranhos hábitos de outra de levar o dedo ao lábio; o jeito meio estabanado de uma outra andar; a voz esganiçada; o cabelo embaraçado... "Será que escapou alguém daquela tesoura implacável?", pensei cá comigo, levantando uma dúvida que logo foi desfeita.

— Pronto: quinze meninas, uma a mais que nós. De repente, uma delas resolve não vir...

— E você acha que alguém vai perder minha festa?

— Então, mãos à obra.

— De seis delas eu não tenho o telefone. Essas nós pedimos às outras pra avisarem. Se for perto, a gente avisa direto em casa.

Com minha recomendação expressa de que usassem o telefone apenas o mínimo necessário, pois não consigo tirar da cabeça o preço abusivo desses tais impulsos controlados e cobrados, eles fizeram os convites.

— Ficam faltando apenas a Fabiana e a Lu.
— Sem problema. Essas duas moram perto da minha casa; eu aviso.
— Ok. Tudo certo. Agora é esperar amanhã e... faturar!
— Tchau, até amanhã às quatro.
— Tchau.
— Até amanhã.

Os dois amigos se foram, Guilherme acomodou-se, com jeito mais ansioso do que cansado, numa cadeira da sala, esticou as pernas sobre um banquinho e comentou:
— Já iniciamos a contagem regressiva, mãe. Agora é esperar e conferir.
Essa era a primeira festa do Guilherme. Claro, antes houve as festas de criança, com bolo, velinhas, bexigas. Essa, não. Meu filho não era mais uma criança, ainda que não fosse um jovem grande. Era a primeira festa desses novos tempos. Acho mesmo que por isso eu o vi tão ansioso, embora procurasse esconder sua preocupação brincando e gozando todos em casa, como sempre fazia. No sábado, depois do almoço, já com tudo pronto, apenas esperando seus convidados chegarem, Guilherme mostrou-se mais inquieto. Entre três e quatro da tarde, na reta final, conversamos um pouco de prosa fiada, até que tocou o telefone.
— Pode deixar que eu atendo, mãe. É pra mim.
Ele atendeu o telefone.
— Alô.
— ...
— Oi, tudo bem?
— ...
— Eu deixei o recado, sim. Você não estava em casa.
— ...
— Ah, tudo bem. Não tem importância...
Guilherme esboçou um sorriso sem graça e encerrou a conversa.

— É uma pena, Duda. Acho que você ia gostar bastante... Tchau.

Ele repôs o fone na base e, sem que eu perguntasse coisa alguma, apressou-se em relatar a conversa, muito borocoxô.

— A Duda, mãe, disse que não vem... porque o namorado não deixou...

— Ele não é bobo, né, Guilherme!

— Eu queria que fosse...

Alguns minutos depois o pessoal começou a chegar. Os primeiros foram o Kid e o Júlio. Em seguida vieram o Léo, o Mineirinho, o Broca... Afastei-me um pouco da sala, ajudando, junto com o pai dele, a servir comes e bebes. Duas ou três vezes eu ouvi o telefone tocar e Guilherme atender. Não ouvi a conversa, mas imaginei que fossem os meninos ou as meninas convidadas.

Pouco tempo depois, já perto das oito horas, a festa de aniversário estava mais jururu do que candidato derrotado em eleições diretas. O motivo estava óbvio: vieram dezesseis rapazes, dois a mais do que os quatorze previstos, e apenas três mocinhas. Verdadeiro clube do bolinha. Os meninos olhando um para a cara do outro, sem saber o que fazer e sem tomar a iniciativa. Ninguém se atrevera a botar CD pra tocar. As meninas, acuadas, estavam visivelmente pouco à vontade: três para dezesseis não animava, com certeza, nenhum dos lados. A festa, se é que podia chamar a reunião de festa, caminhou nesse descompasso até às oito e meia. Senti que eles estavam precisando de ajuda, mas não quis me intrometer. Foi então que Guilherme se chegou para mim e desabafou:

— Assim não dá.

A primeira vontade que senti foi a de brincar com eles: "O feitiço virou contra o feiticeiro!". Mas, decididamente, não era hora pra brincadeiras, pelo menos desse tipo.

— E o que você sugere?

— Só temos uma saída, pra não acabar com a festa de vez.

— Qual?

Guilherme consultou com os olhos seus dois companheiros, como a pedir aprovação, e disse:

— Precisamos ir atrás de meninas.

Eu não contive um riso debochado e lasquei:

— Um novo rapto das sabinas!

— Chii, mãe, lá vem você com lições de História!

— Lição nenhuma, Guilherme. Lembranças apenas. E como você pretende ir atrás de meninas?

— Vamos telefonar.

— Para quem?

— Pra Paula...

— Paula gorda?

— É... E pra Débora, Célia...

— A de aparelho nos dentes?

— É, mãe.

— Vale tudo?

— Vale! Você vai ajudar ou não?

— Vou, claro. Você não quer que eu fale com as meninas, não é? Ou quer?

Ele titubeou, mas decidiu:

— Não, eu falo.

— Então, comece. Ali está o telefone.

Guilherme discou os primeiros números. Do outro lado, alguém atendeu:

— Alô, eu queria falar com a Paula... Obrigado... Alô, Paula? Tudo bem? É o Guilherme... Olha, nós resolvemos hoje fazer uma balada aqui em casa... Você topa vir? Não, não se preocupe com isso... Não é nada não... Eu peço pra alguém de casa te pegar... Olha, você tem alguma amiga, aí perto da sua casa?... Tá, pode chamar. Minha mãe pega vocês daqui a uns quinze minutos.

Guilherme recolocou o fone no aparelho, assim meio aliviado, os olhos brilhando diferente, não sei se por causa da mentira, esfregou as mãos e disse:

— Consegui duas, mãe.

Depois chamou alguns amigos e pediu ajuda:

— Quem tem gente pra convidar?

— Qualquer uma, Guilherme?

Pensei que ele fosse vacilar para responder, mas, surpreendendo-me, respondeu, decidido:

— Qualquer uma, Marcelo. De preferência que possa vir sozinha ou os pais possam trazer. Temos só um carro aqui em casa.

Dez ou quinze minutos depois, a "coleta" já estava organizada. O pai de Guilherme, com nosso carro, saiu para buscar cinco meninas. Os pais de outros dois colegas de Guilherme trariam mais quatro. Algumas outras chegariam de ônibus.

Foi tudo muito frenético. Por volta das nove e meia o pai do Guilherme chegou com quatro, não com cinco. Uma gordinha, uma magrinha (demais), uma feiosa (pouquinho) e uma loirinha (sem graça). De outros lados e outros carros foram chegando mais mocinhas. Chegou, também, a tal de aparelho nos dentes. Bem, de verdade mesmo, tinha umas três ou quatro de aparelho nos dentes. Mas e daí? Assim que as meninas foram chegando, doze ao todo, a festa de Guilherme ganhou animação, a música encheu o ar e o barulho cresceu. Passava da meia-noite quando os primeiros convidados começaram a retirar-se.

Não sei se foi a melhor festa de que Guilherme participou, mas com certeza foi uma festa inesquecível...

# O primeiro beijo

*Querido diário*

*Quando será? Ainda não foi dessa vez. Mas foi quase. Ah, se você tivesse olhos para ver como tudo aconteceu! Nós estávamos com aula vaga, o professor tinha faltado, uma pena, eu gosto da aula de Ciências, principalmente quando é na sala-ambiente... Pois é, o professor faltou e lá fomos nós para o pátio da escola. Legal. A classe do Fabi também estava com aula vaga. Que boa, não?! Nós começamos a conversar numa mureta de cimento, perto da quadra, depois saímos dali e fomos andando sem perceber para o lado de trás, entre a parede e o muro da antiga entrada da escola. Quando demos por nós, ali estávamos os dois, sem ninguém por perto. De longe, o zum-zum da escola, das vozes dos colegas, um ou outro grito de professor e o barulho do trânsito na rua. Paramos perto da parede. Ficamos em silêncio. Eu nunca perguntei a ninguém, mas imagino que antes de qualquer gesto ou acontecimento importante o que vem deve ser um grande silêncio. Pois foi assim. Ficamos quietos, sem coragem de falar alguma coisa e estragar o gosto do momento. Eu senti que o Fabi se aproximou mais de mim. Eu até ouvia a respiração dele. A gente se deu as mãos, esquecidos do resto do mundo. Sabe... Eu já estava sentindo um gostinho sei lá do quê, um calor sufocante do pescoço pra cima. Só esperava os lábios do Fabi, o meu primeiro beijo... Mas de repente a bronca da inspetora de alunos: "Muito bem! Vocês dois...". Daí, foi uma dureza explicar pra ela e pro diretor da escola que não tinha acontecido nada (claro que eu com muita raiva), que a gente só estava conversando, e escutar aquela conversa do diretor: "Acho natural o namoro, mas a escola é lugar de estudar, etc. e tal". Por pouco, em vez do beijo, eu não ganho uma advertência da escola e, aí já viu, né?, a bronca em casa... Por falar em casa, minha mãe está louca da vida com o preço da passagem do ônibus que subiu outra vez. Daqui a pouco vou ter que ir a pé para a escola... Paro por aqui.*

*Até qualquer dia!*
*Biloca*

*Querido diário*

*Ontem fui à festa de aniversário da Adriana, um barato. Uma delícia. Mas por pouco eu não vou. Sabe por quê? Te conto logo: minha mãe disse que não tinha grana para comprar presente. Eu bati o pé, sem presente jamais. Já pensou eu chegando, todo mundo olhando minha cara limpa e as mãos abanando, mais limpas ainda!? Não e não. Por fim ela deu um jeito e comprou um presente. Mixuruquinha, é verdade, mas comprou. Bem, sabe quem estava por lá? Sabe quem? Ele mesmo, o Fabi. Mas não foi surpresa, não. Eu sabia que ele iria, pois, afinal, a Adriana é amiga dele. Ele sabia, também, que eu iria. Assim que eu cheguei, ele já estava lá, sentado num banco de madeira na frente da casa, e logo veio conversar comigo. Primeiro conversamos sobre roupa. O Fabi elogiou minha roupa, disse que eu ficava bem de jeans e camiseta. Nada era novo, tudo peças reformadas. Eu queria mesmo é que ele reparasse no meu rosto e na minha boca. No rosto tinha um pó suave que minha irmã disse que veio de contrabando e nos lábios um batom delicado emprestado da minha mãe. O batom era enfeite para esperar o beijo. Mas o Fabi parece que não entende dessas coisas e da roupa ele pulou para a escola, da escola mudou para cinema, daí para a praia e não parou mais. Nós dançamos tudo que tivemos direito: música nova, pesada, música romântica, antiga, trilha de novela, o diabo. Mas o beijo não veio, estava cheinho de gente e gente que bota reparo em tudo. A certa hora, a festa quase acabando, muita gente tinha ido embora, a Adriana chamou nós dois para ver os presentes dela. Fomos até o quarto para ver o que ela ia mostrando, apontando, manuseando. Uns dois minutos depois, a mãe chamou-a para resolver qualquer coisa e lá foi ela. Ficamos só nós dois. Eu senti que era chegado o momento, a hora do beijo. Olhei pro Fabi e ele pra mim. O tempo era pequeno, mas a vontade era muito grande, quase não cabia ali no quarto. Só nós dois, as duas mãos dadas, os corpos um de frente para o outro. Eu fechei os olhos e esperei, de batom novo, um primeiro e gostoso beijo... Mas, querido diário, amigo solitário, em vez do beijo eu senti e ouvi a voz ranzinza da mãe da Adriana: "Na minha casa, não! Se vocês querem aprontar, por favor, façam isso lá fora, fora de minha casa... ou melhor, façam na casa de vocês!". Onde já se viu! Ela quase nos expulsou da casa dela. Tem cada adulto neste mundo que vou te contar. Será que ela nunca beijou? Depois dessa, ela não desgrudou da gente, não saiu mais de perto, e lá se foi meu beijo pro espaço. Pouco depois, meu pai passou por lá e me levou embora. Quando ele perguntou se eu tinha gostado da festa, na mesma hora eu respondi: "Quase!". Ele não entendeu como é que uma pessoa pode "quase" gostar de uma festa, mas eu não tinha jeito nem coragem para explicar, e a conversa sobre a festa acabou por aí mesmo. E eu acabo por aqui, agora.*

*Beijos,*
*Biloca*

*Querido amigo solitário*

*Imagine você sozinha com seu namorado, os dois sentados num banco de um ônibus vazio e os dois louquinhos para trocar um beijo (o primeiro, ainda). Já imaginou? Pois é, assim aconteceu comigo... Quer dizer, conosco. Comigo e com o Fabi. Eu conto desde o começo. Depois da festa da Adriana, eu e o Fabi esfriamos um pouco. Também pudera, não é pra menos. Quase três meses esperando um beijo é dose pra leão. Mas não sei se foi só por isso. Na verdade eu até acho que nem foi por isso, acho que foi mesmo por causa da Fábia, aquela sirigaita da outra classe que fica o tempo todo andando atrás do Fabi. Ele disse que "ninguém é de ferro", desculpa besta pra chuchu, quase dei um tapa na cara dele. Também não sei se foi por isso. Bem... Deixa pra lá. Aí foi programada uma excursão para uma fazenda-modelo, de criação de animais para abate. As três classes iriam juntas em dois ônibus. Eu nem quis pensar nisso. Essa de ver porco, coelho, galinha, não faz meu gênero. Como não era obrigada a ir, pulei fora. Fiquei de fora pelo menos até saber que o Fabi ia... e a Fábia também. Os dois sozinhos numa fazenda... Eu, hein!? E o meu primeiro beijo? Assim, resolvi na última hora ir também curtir uma de fazenda e me mandei com todos. Nós fomos em ônibus diferentes, mas chegamos juntos. Uma beleza, a fazenda. Uma fofura, os bichos. Bem, chega de conversa-fiada. Vou direto ao assunto que interessa. Pois é, a certa altura do passeio resolvi descansar um pouco no ônibus vazio. Entrei e fui me sentar no último banco, o mais largo e maior. Lá estava eu a pensar no meu pequeno pedaço de vida quando quem vejo entrar no mesmo ônibus?! O Fabi, lambido e cara de safado. Veio chegando e sem pedir licença se ajeitou no banco, bem perto de mim. No começo eu nem te ligo, mas depois pensei "tudo isso é bobagem minha", e mandei a maior língua solta, prosa mole. Conversamos bastante, depressa, sem parada, para colocar em dia tudo o que estava atrasado. Quando a conversa começou a amolecer, eu senti que mais alguns minutos e seria a hora do beijo. Ele se aproximou, pegou com as duas mãos* a minha mão esquerda (a direita estava ocupada segurando uma revista da Mônica) e disse: "Sabe que eu gosto de você?". Eu não respondi nada porque estava pensando: "Ou o beijo sai agora ou nunca mais!". De novo, fechei os olhos e acordei do desejo com o grito de meia dúzia de amigas minhas, que entraram no ônibus brincando e gritando: "Vou contar pra professora". Você já viu, né, beijinho... Ah! Tchau, tchau... Nada feito. Mas, pelo menos, eu e o Fabi ficamos numa boa.

*Abraços,*
*Biloca*

*Querido diário*

*Prometi a mim mesma que só voltaria a conversar com você quando meu primeiro beijo acontecesse. Pois ontem aconteceu. Foi maravilhoso. Só maravilhoso. Acho que perdi a noção da realidade e por isso nada tenho a contar. Um dia desses eu faço força e te conto tudo.*

*Abraços,*
*Biloca*

*P.S. Me disseram que o segundo é mais gostoso que o primeiro. Pode? Se for verdade...*

*Abraços de novo,*
*Biloca*

# Tchau

— Tá chegando, filhão!

— Até que enfim, pai. Três dias nesta estrada de sol e poeira não é fácil.

O velho Ford Galaxie entrou sacolejando suas latas e buzinando. O sol ia alto, as pessoas da cidadela já se preparavam para o merecido repouso depois de mais um dia de trabalho. Aos poucos, os mais curiosos — entre estes, as crianças — botaram a cara de fora para ver a causa do alvoroço: um velho Ford Galaxie seguido de dois caminhões, não menos velhos, e um *trailer* de segunda mão. Em meio ao lusco-fusco da tarde podia-se ler, onde houvesse pedaço de lata ou madeira descobertos, um nome: *Gran Circo Irmãos Gatti*.

— A gente já chega fazendo sucesso, filhão. Dá mais força!

Borrachinha, o filhão, ria. Estava acostumado com o otimismo de seu pai, dono do circo.

— Um dia, quando o circo for seu, você vai ver como eu tenho razão. Tem que chegar com força, entrar pra valer.

O pequeno cortejo rodeou o centro da cidade e ancorou na praça, perto da igreja.

— Vou procurar o prefeito e acertar o local para fincar o mastro e erguer o bichão.

Enquanto o pai se afastava, Borrachinha, no meio da farra que o circo já anunciava e prometia aos curiosos e atenciosos habitantes da cidade, ajustava seus pensamentos: gostava do circo, do pai, dos amigos; mas tinha alguma coisa dentro de si que não gostava de mudar sempre, de nunca parar num lugar mais que um mês. Às vezes ele se comparava a uma árvore sem raízes, a um livro de história com páginas em branco. Pior que isso: não podia falar dessas coisas com o pai, que não via a hora de o filho crescer de vez e tomar conta definitivamente do circo.

Meia hora depois o dono do circo voltou com cara de meio lá, meio cá.

— E então, pai, tudo certo?

— Mais ou menos. Chegamos um pouco atrasados. O terreno que eu tinha visto e acertado com o prefeito foi alugado para uma firma fazer garagem para suas máquinas. Prefeitura de cidade pequena, em matéria de dinheiro, é pior que urubu em cima da carniça fresca...

— Vamos ter que ir embora?

— De jeito nenhum, filhão. Você acha que alguém teria coragem de mandar embora o Gran Circo Irmãos Gatti?

O peito do pai estufava-se toda vez que ele falava o nome do circo. Orgulho bonito de fazer inveja.

— O prefeito sugeriu, e eu aceitei na hora, o campo de futebol da cidade. Tá mesmo cercado e com o dinheiro do aluguel dá pra refazer o gramado.

— E o pessoal fica sem futebol?

– Fica. O time da cidade, que deve ter só perna de pau, foi desclassificado do campeonato amador. Faz tempo que a bola não rola por aqui.

Era noitinha quando o alegre cortejo fez parada no campo de futebol e o dono do circo distribuiu as primeiras ordens.

– Borrachinha, ajuda aqui... Batatinha, prepara as panelas que o pessoal tá com fome... Jorjão, encosta os caminhões na frente do *trailer*, fecha o cerco... Borrachinha, acha uma casa com gente e peça água filtrada... Suzana... Dedé...

Cada qual tomou seu rumo. Borrachinha meteu a cara no simpático escuro da cidade e bateu na primeira janela iluminada.

De dentro da casa, alguém diminuiu o volume da televisão e disse "Lucinha, abre a porta".

A porta foi aberta e diante do Borrachinha surgiu um par de olhos pretos adormecidos.

– O que é? – perguntou a menina.

– Eu sou do circo, chegamos agora no campo. Você pode me arrumar água filtrada pra fazer a comida?

Estendeu-lhe a vasilha. Pareceu-lhe uma eternidade esperar a menina voltar de dentro da casa, com a água.

– Se precisar mais, tá às ordens.

– Obrigado.

E precisou. Pouquinho depois, Borrachinha voltou à casa em busca de mais água. Foi Lucinha quem, de novo, atendeu.

– Obrigado. Meu pai mandou esses ingressos. É da noite de estreia.

Os olhos meio adormecidos de Lucinha brilharam.

– Ah, eu vou sim!

Depois da comida, que apesar do improviso saiu em tempo e gostosa, Borrachinha descansava no banco de trás do velho Galaxie do pai. Media ideias, costurava pensamentos e fuçava no íntimo buscando novos sentimentos. Estranhamente, Lucinha ocupou, naquele resto de noite, os versos de sua poesia incompleta.

E mais estranhamente ainda ela não saiu de sua lembrança.

– Vamos, filhão, o sol já veio. Temos que levantar o circo em três dias pra fazer bonito. Pra fazer bonito e pra botar dinheiro em caixa, que já não temos nenhum.

Durante o dia, Borrachinha arrastou o trabalho e a lembrança de Lucinha. De noite, uma vontade grande, cheia, fez com ele passasse uma, duas, várias vezes em frente da casa dela. Sem resultado.

No dia seguinte, os mastros levantados, a estrutura circular das arquibancadas instalada, palco e picadeiro já marcados. No finalzinho da tarde, a cidade fez uma visita inesperada aos novos chegados. Mandou crianças e mocinhos espiar o trabalho ágil dos circenses. No meio deles, meninos e meninas, Borrachinha encontrou os olhos despertos de Lucinha. Gostoso. Ele aproximou-se do alegre grupo e dirigiu-se a ela.

— Tá quase pronto. Depois de amanhã tem espetáculo.

Ela não respondeu com palavras; não precisava: seus olhos falavam. Borrachinha não entendeu a mensagem dos olhos silentes, mas sentiu o coração bater mais forte.

Lucinha voltou no outro dia. Até ajudou Borrachinha. Pintaram coisas de madeira. Deram cores alegres a coisas tristes. E lambuzaram-se de azul, vermelho, amarelo...

No dia da estreia, Lucinha saiu com ele no banco de trás do surrado Ford Galaxie anunciando, pelo alto-falante instalado na capota do carro, o primeiro espetáculo do Gran Circo Irmãos Gatti:

*Hoje tem espetáculo?*
*Tem sim sinhô!*
*Oi raia o sol,*
*suspende a lua,*
*óia o palhaço*
*no meio da rua!*

— Senhoras e senhores... a companhia teatral circense Irmãos Gatti convida...

Noite de estreia, noite bonita, o tempo ajudou, o espetáculo veio, o dinheiro entrou.

Lucinha aplaudiu muito, na primeira fila, principalmente o número de Borrachinha.

Depois, os espetáculos e os encontros se sucederam. As semanas andaram depressa, sem parar, à espera de Borrachinha entender direito as coisas. As ideias e os sentimentos se atrapalhavam na cabeça dele, pedaços de conversa soltos.

— Escola é bom, Lucinha?

— É bom algumas vezes, ruim outras vezes.

— Faz tempo que você estuda?

— Estou acabando o ensino fundamental. Depois vem o ensino médio... E você?

— Eu fui poucas vezes, quando minha mãe era viva. Nunca mais deu certo. Mas eu sei ler e escrever.

— Você gosta de ler?

— Não sei...

Lucinha pôs-lhe nas mãos um livro.

— Experimente. São os melhores poemas do Vinícius.

— Vinícius de Morais?

— É. De tarde você me devolve.

Borrachinha apanhou aquele objeto pouco comum em sua vida. Não tivera tempo para livros. Não que não quisesse.

— Já vou indo.

— Você vem à tarde?

— Venho.

A tarde veio. Lucinha encontrou Borrachinha com o livro na mão. Tinha uma página marcada.

— Lucinha, leia isso para mim.

Ela leu:

"Soneto da separação"

..............................

— Explica melhor.

Ela explicou o que pôde. Ele entendeu o que pôde.

À noite, Borrachinha foi um contorcionista triste, pouco atento às artimanhas do espetáculo. Faltou alguém na primeira fila.

O dia seguinte, dia do último espetáculo na cidade, Borrachinha passou boa parte dele conversando com Lucinha. Falaram de tudo, menos deles. Havia alguma coisa entre os dois, alguma coisa só deles, que não cabia em palavras. As palavras, ao mesmo tempo, diriam o começo e o fim.

No último espetáculo, não houve o número de contorcionismo; na plateia, faltou alguém na primeira fila.

Em casa, Lucinha lutava contra si mesma, tentando concentrar a atenção num livro de História do Brasil. Nos bastidores, Borrachinha lutava contra si mesmo, tentando entender a vontade de ficar na hora de ir embora.

— Hora de levantar voo, pessoal.

A voz forte e decidida do pai anunciava o fim do último espetáculo e o começo da retirada. Naquela hora, perto da meia-noite, o circo começou a recolher-se aos caminhões.

— Já acertei um novo lugar, Borrachinha. Cidade maior que essa. Você vai gostar.

Ele não respondeu. Tinha um nó na garganta e um embrulho guardado no peito. Como explicar para o pai que ele queria ficar, tirar o pé da estrada, deitar raízes, fazer história num lugar? O pai não entenderia. Ou, então, ainda não era hora de explicar.

Num instante, o circo acomodou-se nas medidas dos caminhos e do *trailer*. Partiriam imediatamente.

Borrachinha pegou uma caneca e foi em busca de água. Lucinha o esperava. Deu a água. Ele bebeu. Olhou-a ternamente. Ela respondeu com igual intensidade. No campo de futebol, a buzina rouca do velho Galaxie chamou por ele. Borrachinha virou o corpo, começou a caminhar, acelerou o passo e, de longe, gritou:

— Tchau!

Quando Lucinha respondeu, sua palavra perdeu-se no meio da nuvem de pó que os veículos do Gran Circo Irmãos Gatti levantavam na estrada.

# Por que não?

— Vamos sair, Salsichão?

— Não, não quero.

— Um dia você acorda e vai perceber que não é mais gente... Que virou livro.

Esbocei, ameacei e segurei um sorriso.

— Exagero.

— Exagero meu?! Você passa a maior parte do tempo metido no seu quarto, com seus livros, seus cadernos, suas ideias, seus óculos, suas espinhas...

— Eu gosto.

— Só disso?

— Não, claro que não.

— Mas parece. Vista uma roupa mais arejada, cara, e vamos sair.

— Não, hoje não.

— Cequisabi, Salsichão.

Meu nome não é Salsichão. É Paulo. Mas também pudera, pareço mesmo mais um salsichão do que gente. E, ainda por cima, os óculos. Coitados dos óculos, não têm culpa; culpa têm meus olhos que gostam tanto de ler e enxergam pouco. E, além dos óculos, as espinhas. Pode?! Pode. Mas isso não me aborrece tanto quanto poderia aborrecer uma pessoa normal. Às vezes, acho que eu não sou uma pessoa normal.

— Paulo, sai um pouco.

— Não quero, pai. Prefiro ficar em casa.

— Você acha normal um rapaz da sua idade passar a maior parte do tempo disponível dentro da casa, no meio dos livros, de cadernos...?

— Bem... Não sei o que você acha que é normal ou anormal... Normal pra mim é ter uma preferência... Posso?

— Claro, claro. Não quis dizer isso. Eu sei, cada um tem sua preferência, seu prazer... Mas eu acho que falta alguma coisa pra você.

— Você sabe que não falta. Tenho vocês, tenho amigos, livros e tenho...

— Suas poesias!

— É. Tenho minhas poesias.

Meu pai desistiu de continuar a conversa. É quase sempre assim. A gente engata um papo, com ele dá pra conversar tranquilamente, mas quando toco no assunto das minhas poesias tudo acaba sem meias palavras. Por que será? Ninguém me responde. Tá na cara que sou poeta menor, sem talento, desajeitado com as palavras. Mas e daí? Poeta nasce feito? Poesia não dá dinheiro? Poesia não dá camisa pra ninguém, como dizem todos que eu conheço e que não gostam de poesia?

— Você ainda perde tempo com isso, Salsichão?

— Com isso o quê?

— Poesia.

— Não sei se perco tempo... Uso parte do tempo rabiscando versos, pensando palavras, ideias, talhando estrofes...

— Chiiii... Vai mal.

— Não se preocupe: palavras não mordem. Até já disseram uma vez que literatura não derruba governo.

— Governo, aqui, ninguém derruba... Quando cai, cai sozinho...

— Pois é. Por que o medo da poesia?

— Não é medo, Salsichão! Ê... Que é isso? Tô achando é meio sem graça ficar o tempo todo mexendo com essa coisa de fazer verso, rima. Parece coisa de...

— ... de quê?!

— Coisa de menina apaixonada!

Por falar em menina apaixonada, eu andei fazendo uns versos românticos, umas estrofes meio desmanchadas... Até estranhei um pouco esse meu lado. Bom... Também não é só porque faço mais versos de protesto que nunca vou arriscar um chorinho carinhoso. Não mostrei pra ninguém. Me lembrei de uma vez em que eu estava na praia e li, no muro de uma casa qualquer, uma pichação que fazia um jogo com as palavras "éter", "eterna", "mente" e "eternamente". Eu emendei de primeira, costurei aqui e ali, até sair alguma coisa razoável. Quando terminar, vou mostrá-la pros meus amigos. Vale a pena. Principalmente porque esses bocós pensam que eu não tenho olhos pras meninas. Mal sabem eles que para elas eu tenho olhos, coração e versos. Nada mau, hein?

— Poeta?

— Poeta, por que não?

— Ah, por nada! Mas tem tanta coisa boa, gostosa na vida.

— Poesia é uma delas.

— Ah, será?

— Com certeza. Por que não?

— Ah, não sei por que não. Mas é tão esquisito, todo mundo se ligando em outra...

— Em quê? Você já reparou que esse "todo mundo" se liga nas coisas que os adultos querem ou deixam? No *rock* que os adultos deixam tocar, na moda que os adultos fazem, na conversa que os adultos deixam. Até a rebeldia da juventude, tão decantada, é bem comportada. Nós só podemos nos rebelar contra o que os adultos deixam. Quer um exemplo? Você já viu juventude rebelando-se contra o estado político?

— Ih... Salsichão, não complica.

— Se ficar o bicho come, se correr o bicho pega.

— Credo, que prosa mais complicada.

— Aí é que tá. Fazendo poesia, eu faço a minha rebeldia, de corpo e alma.

— Tá bom. Vamos dar uma volta?

— Com você, até vou, Ciça. Você entende meu verso.

Entende nada. A impressão que eu tenho da Ciça é que é tudo complicado pra ela. Poesia, política, rebeldia, tudo é complicado.

Será que no dia em que eu declarar meu sentimento ela vai achar complicado?

Um dia desses, eu encho a cara, como faz um bando de amigos meus, e me declaro.

— Gosto de você, Ciça, com poesia e tudo.

Imagino Ciça olhando para mim e perguntando, entre inocente e incrédula:

— Mas e a poesia? O que você vai fazer com ela?

Olho pro espelho, meu maior e mais secreto amigo, ensaio um gesto com os óculos e respondo, me vendo refletido:

— Gosto igualmente das duas!

E ela, insinuante, achando-se prejudicada:

— Ah, assim não dá!

Eu insisto:

— Dá sim, por que não?

O tempo passou um pouco depressa. Tão ou mais depressa que o tempo de escrever duas linhas, de ler três versos. Eu continuo com a poesia. Inda agora há pouco, terminei uma que diz:

*Se olho pra você*
*seus olhos buscam o chão*
*escondendo a emoção*
*fingindo que não me vê.*

*Se converso contigo*
*sua voz se cala*
*seus lábios se fecham*
*você não me fala.*

*Se chego perto*
*você escapa e foge*
*sem rumo certo.*

*Só à noite*
*o telefone louco*
*não para um pouco.*
*Chama insistente*
*e eu digo alô*
*para alguém silente.*

*Mas sei que é você,*
*sabe por quê?*
*Seu perfume danado*
*escapa de seu corpo*
*e corre apressado*
*trazendo notícia*
*de um coração*
*que bate acelerado.*

Fiz pra Ciça, de novo. Ando com ela no coração e a poesia no bolso. Pra todo mundo ver, mesmo que ela, Ciça, não entenda. Não precisa entender, basta gostar.

— Outra poesia pra mim, Salsichão?
— Mais ou menos. Quer ver?
— Quero.
— Gostou?
— Gostei. Parece mesmo que leva jeito... Poeta!

No peito a alegria explode, o verso toma conta de tudo. A poesia derrama emoção na minha certeza: nunca mais paro de fazer poesia.

# Tamanho não é documento?

— Vou procurar escola nova pra você, Michaela.

Sentada no velho sofá de pano-couro da sala, ajeitada no contorno macio da espuma que se acomodava às formas de seu corpo esguio, os olhos firmes na novela das sete, Michaela precisou ouvir outra vez a frase da mãe para ter certeza do que ela acabara de dizer:

— Que foi, mãe?

A mãe rodopiou o corpo, saiu da cozinha, sentou-se no sofá ao lado da filha:

— Presta atenção... Depois você me conta...

— Ué... Senta aqui e vê comigo. O que foi que você disse antes?

— Vou procurar outra escola pra você.

Michaela descartou a possibilidade de ser brincadeira a conversa da mãe. Nas últimas semanas, meio de longe, meio metida nos seus pensamentos, na sua vida, acompanhara o vaivém das rugas no rosto da mãe, sinal de preocupação. Se o pai e a mãe não passavam a limpo seus dissabores com as filhas, não seria por isso que Michaela deixaria de apanhar no ar restos de conversas, de sono maldormido, de monossílabos cortando gestos, de gestos cortando palavras...

— Por que, mãe?

— Nós vamos mudar de casa, Michaela.

— Por causa do pai?

— É... Ele só conseguiu emprego na zona norte da cidade. Já alugou uma casa nova...

— Puxa, mãe, é tão bom aqui.

— Eu sei. Você poderá rever os amigos quando quiser.

— Começar tudo de novo...

— Que fazer, né, filha? Pelo menos teremos uma casa. O resto... a gente vai construindo...

A conversa acabou por ali, mais por desânimo do que por interesse real na novela.

Os dias correram, as despedidas vieram e o caminhão chegou para levar a mudança, as gentes, o carinho, e deixar a saudade.

E foram.

E se ajeitaram na nova casa, que por sinal era nova, ficava numa rua gostosa, cheia de gente com cara boa.

O fim de semana se foi, veio a segundona, carrancuda e nublada, trazendo o primeiro dia de aula. Depois de um breve copo de leite e meia fatia de pão, café da manhã entrecortado pelas recomendações da mãe, Michaela tomou o rumo da escola, a mochila presa no ombro e a irmã mais nova do lado.

— Preste atenção nos professores... Não brigue com ninguém... Olhe sua irmã no recreio... — vinte metros adiante do portão e a mãe ainda falando.

Na escola, até se explicar e encontrar alguém que pudesse localizar a classe da irmã e, depois, a sua, Michaela acabou chegando atrasada à primeira aula na nova escola. A porta estava fechada e nela havia um pequeno cartaz, envolto em plástico, com indicação das séries: 7ª A, 4ª B, 5ª C. A professora fazia a chamada, no meio da "conversama" dos alunos passando a limpo o fim de semana. Quando Michaela bateu na porta e entrou, a professora levantou calmamente os olhos da caderneta de chamada e esperou a explicação.

– Sou aluna nova – disse-lhe Michaela, estendendo um pedaço de papel com as orientações sobre o registro e a matrícula.

– Michaela...

– Sim, senhora.

Um silêncio imediato beliscou a classe de ponta a ponta. Meninos e meninas calaram as bocas e abriram os olhos e ouvidos para aquela colega nova, ali parada, diante da professora, com quase um metro e oitenta de altura. Mas o silêncio foi logo interrompido; lá do fundo da sala, uma voz anônima sugeriu:

– Que baita girafa!

E foi assim mesmo que Michaela se sentiu naquele momento: uma grande e desajeitada girafa, olhando do alto do seu metro e oitenta por cima das cabeças dos futuros colegas, enquanto a classe esparramava uma risada larga e sonora que escapou da sala, ganhou o corredor e o mundo.

A professora esperou que o riso grande acalmasse, transformado em sussurros e risinhos, e despejou um sermão tipo "somos todos iguais", "isso não é jeito de receber uma colega nova" e que tais.

Michaela escutava tudo, ali parada, sentindo-se mais alta ainda, vendo em cada par de olhos uma ponta fina de zombaria. Depois procurou um lugar para acomodar seu pouco material escolar e afundou-se num desencanto.

Era aula de Língua Portuguesa e a professora, durante um bom tempo, fez revisão das aulas anteriores, trocando em miúdos a sabedoria gramatical dos alunos. Ninguém sabia coisa alguma, ou quase nada, de análise sintática, foi o que Michaela percebeu. Em seguida, vieram duas aulas de História. No intervalo, ela se arranjou como pôde, tentando esconder seu tamanho maior. Passou todo o tempo sentada, pois assim disfarçava melhor, ao contrário da irmã, que já brincava enturmada. A quarta e a quinta aula vieram e se foram com o mesmo gosto e jeito das três anteriores. Michaela pouco prestou atenção à fala monótona do professor de Matemática. De coração apertado, ficou estudando seus colegas de classe: caras alegres, falas ligeiras e apressadas, gestos pouco estudados e desajeitados – enfim, tudo igual aos colegas da escola anterior. Havia apenas um detalhe diferente: lá, ela tinha certeza de que era querida.

Foi com esse gosto amargo de derrota que Michaela terminou seu primeiro dia de aula e voltou para casa.

– Tudo bem na escola, Micha?

Enquanto a irmã papagueava, ela, casmurra, escondia a verdade da mãe.

– Tudo.

– Gostou?

Demorou um pouco para responder e soltou um "hum-hum" pouco convincente.

– Me conta mais.

Michaela disfarçou, escondeu e evitou, mais foi traída pelos olhos umedecidos.

– Conta, filha.

Ela sentou-se perto da mãe e desabafou.

A mãe ouviu, paciente, sem saber o que dizer, como explicar, como falar com a filha. Sentiu-se triste e desanimada com ela. Conseguiu apenas engolir o nó da garganta e sugerir:

– Isso passa. Logo, logo, vocês estarão amigos, como na outra escola.

Michaela guardou o recado da mãe e tratou de tocar a vida.

Os dias foram passando, as aulas sucedendo-se umas às outras. Às vezes, quando tinha prova ou alguma tarefa de maior peso, ela não era importunada. Mas quase todos os dias, um ou outro colega, principalmente meninos, preparava uma armadilha, uma chacota. Como daquela vez em que um deles se aproximou e pediu:

– Erga o braço, por favor.

Michaela, duplamente surpresa, pelo pedido e pela aproximação, antes de erguer o braço perguntou com naturalidade:

– Pra quê?

– Pra coçar o saco de São Pedro!

Ou então, como de uma outra vez, em que, voltando do intervalo, encontrou um pedaço de papel dobrado sobre sua carteira. Examinou-o com os olhos, demoradamente, desconfiada de alguma coisa. Resolveu não abri-lo, apenas colocá-lo debaixo da carteira. Mal tocou no papel, ele abriu-se de repente, fazendo barulho e lançando um pedaço de arame armado com elástico. Michaela contraiu-se, num ímpeto, mas segurou o susto na garganta, sem dar motivo de gozo para os que estavam de olho na arapuca. Antes de jogar o papel e o arame no lixo, ela leu "espanador do céu", escrito sob uma figura mal desenhada.

Que dias! O prazer de Michaela era contar os dias na folhinha do supermercado, esperando com ansiedade o sábado, o domingo, um feriado, dia sem aula.

Em meio a isso, ela descobriu um pequeno prazer: as aulas de Educação Física. Se na outra escola ela quase não tinha aulas de Educação Física, nesta era diferente. A professora estava presente todos os dias e acabou se tornando a maior incentivadora de Michaela.

— Corra, menina... Vire a cabeça pra olhar onde está a bola... Olhe os espaços vazios...

E o corpo alto, esguio e desajeitado da menina foi tomando forma, pegando equilíbrio, somando gestos harmoniosos. Ela ganhava, nas aulas de Educação Física, os espaços que perdia nas outras aulas, destacando-se na prática de iniciação esportiva, quando se sentia mais solta, melhor consigo mesma.

Um dia recebeu um convite, meio ordem, da professora:

— Michaela, você quer treinar no time de vôlei da escola?

Foi pega de surpresa, mas deliciou-se com a chamada.

— Mas... Faz tão pouco tempo que eu comecei a jogar vôlei...

— Você já mostrou que leva jeito. Precisa só de um pouco mais de treino.

— No meio das meninas das outras séries?

— Claro. O time tem jogadoras de todas as classes.

— E se eu não conseguir?

— Você sai.

— Ah, não!

— Não, o quê?

— Não saio, não. Vou conseguir!

— Com certeza. Você será um reforço... Minha arma secreta! — brincou a professora.

— Quando posso começar?

— Pode ser no próximo treino?

— É só você me avisar.

— Eu te passo o horário dos treinos. Ainda não defini os dias. Preciso ver com as outras meninas o horário das outras aulas... Tem gente que está trabalhando... Eu te aviso.

Há certas coisas na vida das pessoas que podem mudar completamente o seu comportamento. Se isso pode não ser uma verdade universal, vale tanto quanto a certeza de que o dia virá após a noite, e vice-versa. Quantas vezes, acompanhando a trajetória da bola ou preparando o corpo para o salto de bloqueio, Michaela viu-se pequena diante da rede esticada no alto. Ali, naquele espaço retangular de cimento, o tamanho valia como documento. Se não era o único, pelo menos era um dos mais importantes.

Aplicada nos treinos, incansável e combativa, Michaela foi tomando intimidade com o ataque e a defesa. Enquanto se esforçava em defender-se dos adversários do vôlei, bloqueando seu ataque, avançava sua própria defesa pessoal. Fora da quadra, na classe, parecia estar sempre jogando bola: sem perturbar-se com os ataques, organizava suas defesas. Assim, foi se armando para a vitória.

Corria o mês de setembro e a equipe feminina de voleibol participaria dos jogos intercolegiais da primavera. Mesmo participando de outras modalidades de competição esportiva, a escola tinha a sua vedete: era mesmo o time de vôlei. O ritmo dos treinos foi então acelerado; a meninada botou vontade pra valer, torcendo e jogando por uma classificação.

Enfim, chegaram os jogos. A escola diminuiu a intensidade das tarefas e acompanhou a competição. Foram seis partidas difíceis entre escolas da mesma região: duas derrotas e quatro vitórias apertadas. O time de Michaela ainda se acertava. Faltava uma partida, decisiva, que poderia levar a equipe às semifinais com outras três equipes.

Michaela participou de quase todos os jogos. Fez rodízio no ataque com duas companheiras. Entrava, na maioria das vezes, quando o jogo já estava decidido, ganhando ritmo. Formava a linha de frente, usando, ali rente à rede, suas armas principais: com os braços erguidos paralelos fazendo o bloqueio do ataque adversário, armando jogada para a cortada de duas atacantes, e ela própria cortando forte, nos cantos da quadra, em diagonal. Teve participação discreta, mas deixou evidente seu potencial.

No banco de reserva, a professora comandava a ação do time:

— Sobe mais, Cláudia... Olha o jogo, Marisa... Põe força na mão...

E foi no banco de reserva, sentada ao lado da professora, que Michaela ouvia a sentença.

— Você começa jogando no próximo jogo, Michaela.

Veio o jogo. Um pouco desassossegada, noite maldormida, Michaela fez o aquecimento com o pessoal, ouviu recomendações e entrou na quadra. Não sabia o que poderia acontecer, mas tinha certeza de que cumpriria sua parte.

A partida valia a classificação de uma ou outra equipe. Uma delas sairia como uma das quatros melhores da cidade. Primeiros *sets*, vitórias apertadas e parciais. Último e decisivo *set*. Michaela, sacada da equipe, sentada no banco, ouviu da professora:

— Lembra que eu falei que você seria minha arma secreta? Chegou a hora. Agora você vai lá e acaba com o jogo. Faça o bloqueio como você sabe e bote toda a força do mundo nesse braço.

Ela entrou e acabou com o jogo.

Fez quatro pontos de bloqueio. E mais três metendo a bola no chão do adversário, sem chance de defesa.

Os torcedores, a maioria colegas, gritavam o nome da escola, socavam dois bumbos improvisados, batendo palmas, gritando, reverenciando a equipe e a vitória já desenhada.

Coube a ela fazer o vigésimo quinto ponto do último *set*: depois de uma rápida sequência de vaivém, Maura levantou a bola na medida do pulo e da mão certeira de Michaela. A bola subiu solene e desceu indefensável, no campo do adversário. Vitória conquistada, chorando alegria com as demais colegas.

— Ganhamos, ganhamos!

Pouco tempo depois, mais calmas, enquanto as colegas comentavam a atuação de Michaela, ela resmungou baixinho:

— Eu botei toda a minha raiva naquela cortada.

Quem entendeu, entendeu! Quem não entendeu ficou esperando uma explicação que não veio.

No dia seguinte, dia normal de aula, Michaela, sem direito a descanso, esteve ótima em classe. Ninguém esboçou uma piada, uma brincadeira, uma armadilha. Havia, esparramado pela sala, um baita respeito por ela.

Pela primeira vez, na nova escola, Michaela estava se sentindo em casa, entre amigos, e devia esse sentimento gostoso a seu pique como atleta de tamanho avantajado. E lá com seus botões resmungou, pensativa: "Afinal, tamanho é ou não é documento?!".

# O autor

Arquivo Pessoal

Nasci em Nova Granada, interior do Estado de São Paulo, num dia 4 de junho, há um bom tempo. Nessa cidade cresci e fiz meus primeiros estudos. Tive uma infância deliciosa, crescendo numa rua cheia de histórias, meninos, meninas e brincadeiras. Foi lá também que passei minha juventude, descobrindo um pouco das artes e artimanhas da vida, sempre rodeado de muitos amigos e de uma família carinhosa.

O tempo foi passando e veio a necessidade de definição profissional. Sem muitas opções na cidade e quase sem recursos para voos mais altos, formei-me professor, carreira que percorri por trinta apaixonados anos.

De Nova Granada fui para São José do Rio Preto, onde fiz o curso de Pedagogia, preparando-me para ser um bom professor. De São José do Rio Preto, sonhos mais ambiciosos trouxeram-me para São Paulo, onde moro até hoje. Foi certamente em São Paulo que desenhei minha vida com as formas e as cores que ela tem hoje.

Aproveitando oportunidades que surgiam e criando outras, fui fazendo cursos, estudando, vivendo experiências profissionais diferentes e enriquecedoras. Fui professor, coordenador e diretor de escolas. Escrevi programas que ajudaram na formação de outros professores. Cursei pós-graduação em Educação e Comunicação. Estudar sempre fez parte de minha vida e, ainda hoje, continuo estudando, agora dedicando-me às questões da cidadania e comunicação na sociedade atual.

Sou autor de livros didáticos de Língua Portuguesa e de paradidáticos sobre cidadania e valores para alunos das séries iniciais.

Paralelamente ao trabalho como educador, fui escrevendo, desenvolvendo uma vocação que havia aparecido em Nova Granada, quando escrevia para o jornal local. Fui escrevendo para meus alunos e depois publicando e escrevendo livros para crianças e jovens leitores, entre eles *Diário de Biloca*, *Treze contos*, *Lambisgoia*, *Tesouro perdido do gigante gigantesco*, além das coleções Tantas Histórias e Meninos & Meninas.

Hoje, são dezenas de livros de literatura publicados – alguns em outros países – e milhares de leitores. Tenho muita satisfação de ver meus escritos dando prazer para outras pessoas!

# Cochichos e sussurros
### Edson Gabriel Garcia

## Suplemento de leitura

**Cochichos e sussurros** é um livro composto de onze contos sobre a adolescência e suas expectativas, desejos, medos e descobertas. As personagens transitam em diferentes situações que nos revelam aos poucos, de maneira delicada e divertida, o universo pulsante e intenso das experiências da adolescência.

# Por dentro do texto

•

### Enredo

1. Na mitologia grega existe um deus-menino chamado Eros (Cupido, na mitologia romana); filho da bela Afrodite, deusa do amor, traz sempre consigo umas flechas que têm o poder de fazer com que aqueles que são atingidos por elas se apaixonem perdidamente pela primeira pessoa que veem. No conto "Fogo cruzado", existe uma personagem que poderia ser comparada a esse deus brincalhão. Quem é essa personagem? Quais seriam suas "flechas"?

_____

_____

2. No conto "Pichação", há uma passagem na qual Pessoinha compara dois tipos de medo:

Eu não sinto medo: medo de escuro, nunca! Mesmo que sentisse, seria um medo diferente daquele que tenho quando penso em falar com a Verônica sobre o que sinto por ela. Aí, sim, um medão danado desce (ou sobe... sei lá!) pela minha coluna, arrepiando os cabelos e os pelos do corpo. (p. 13)

O que você acha que esses dois medos simbolizam no conto?

_____

_____

_____

3. O que levou as personagens do conto "Metrô" a perderem o contato um com o outro, apesar de ainda se gostarem? Você concorda que foi o destino que pregou uma peça em ambos, ou acha que, se eles quisessem mesmo ficar juntos, arranjariam um jeito, mesmo com a mudança de bairro?

_____

11. O conto "Metrô" tem uma duração específica: a de uma parada do trem na estação – isto é, um tempo bem curto, perdido no cotidiano. Entretanto, é nesse ínterim que acontece – ou melhor, quase acontece – algo importante para o protagonista: o reencontro com Ana, que ele não via há cinco ou seis anos. Na sua opinião, que efeito causa esse contraste entre a irrelevância do tempo da parada do trem e a importância do próprio encontro para o protagonista e para Ana?

### Linguagem

12. No conto "Videoteipe", o autor recorre à *metalinguagem*. Explique como isso se dá.

# Produção de textos

•

13. No conto "Por que não?", o pai de Paulo não tem certeza se seu filho é normal, por causa do grande apego aos livros e à poesia, manifestado pelo garoto. E você, o que pensa sobre isso? Existe uma "norma" que defina o que é ser "normal"? Escreva uma redação com o título "Ser normal", expondo os argumentos que embasam sua opinião sobre o assunto.

14. No conto "Tchau", podemos compartilhar um pouco da história de uma família de circo. E você, já foi a um circo itinerante? Conhece alguém de família circense? Já fez ou tem vontade de fazer aula de circo? Escreva uma crônica sobre como seria sua vida se você fosse um artista de circo.

# Atividades complementares

•

(Sugestões para Poesia e Artes)

15. No conto "Por que não?", Paulo, a personagem principal, se interessa muito por poesia. Que tal organizar um sarau de poesias na sala de aula? Sarau é uma espécie de festa com música, comida e bebida, na qual se declamam poesias. Cada aluno se encarregará de trazer um poema, que poderá ser de sua própria autoria ou não. Uma boa pedida pode ser o "Soneto da separação", de Vinícius de Morais, mencionado no conto "Tchau".

16. Agora você é um artista. Faça uma colagem, desenho ou pintura que ilustre, de forma pessoal e criativa, um dos onze contos do livro. Depois, traga seu trabalho para a classe e veja se os outros alunos são capazes de descobrir em que conto você se inspirou!

## Entrevista

*Cochichos e sussurros* fala de temas relacionados ao universo adolescente de forma leve, sensível e prazerosa. Agora, vamos conversar um pouco com o autor Edson Gabriel Garcia, para saber mais sobre sua obra?

SEU LIVRO TRAZ UM OLHAR SOBRE QUESTÕES PRÓPRIAS DA ADOLESCÊNCIA, COMO A NECESSIDADE DE SER ACEITO MESMO SEM SER "PERFEITO", A DIFICULDADE DE ENXERGAR OS PRÓPRIOS ERROS, AS EXPECTATIVAS AMOROSAS, ETC. COMO VOCÊ ESCOLHE OS TEMAS DE SEUS LIVROS? BASEIA-SE EM SITUAÇÕES VIVIDAS EM SUA PRÓPRIA ADOLESCÊNCIA?

- A escolha dos temas não tem nada a ver com minha adolescência, que já ficou para trás há tempos. Os temas dos meus contos "caem" nas minhas mãos. Poderia até dizer que eu sou escolhido por eles. Eles vão aparecendo depois de uma conversa ouvida no ônibus ou pelo celular, um livro lido, uma matéria de jornal, uma história acontecida contada por um amigo ou amiga... Os temas estão por aí, na vida. É só arregalar os olhos.

VOCÊ ESCOLHEU ABORDAR O UNIVERSO ADOLESCENTE NUM LIVRO DE CONTOS. EM SUA OPINIÃO, OS CONTOS TÊM UMA ACEITAÇÃO MAIOR ENTRE OS JOVENS? POR QUÊ?

- A razão maior de escrever essas histórias em forma de contos foi acidental. Eu ouvi uma das histórias, que me foi contada pela mãe de um adolescente, e imediatamente transformei-a em um conto. Depois apareceu outra. Quando vi, tinha seis ou sete. Textos curtos com histórias interessantes. Então... foi só continuar. Eu, particularmente, gosto muito de ler e escrever contos. Quando benfeitos, são gostosos de se ler. E o mundo de hoje, tão fracionado e fragmentado, convida à leitura de textos curtos. Acho que todos gostam: crianças, jovens e adultos.

OS NOMES DOS CONTOS SÃO DIFERENTES E CRIATIVOS. COMO VOCÊ ESCOLHE OS TÍTULOS DE SUAS OBRAS? PRIMEIRO ESCREVE O TEXTO E DEPOIS SELECIONA O TÍTULO, OU O CONTRÁRIO?

• Não há padrão. Às vezes o título vem junto com o conto. Já nasce com o nome definido, pronto e acabado, e nada há que possa mudá-lo. Outras vezes é a história que surge primeiro e o título vem depois. Dar títulos aos textos, curtos ou longos, é uma coisa gostosa, interessante. É como dar nomes aos filhos. A diferença é que os filhos, às vezes, reclamam dos nomes.

NO CONTO "POR QUE NÃO?", VOCÊ FALA DE POESIA. NA SUA OPINIÃO, QUAL É A IMPORTÂNCIA DA POESIA PARA O ADOLESCENTE?

• A poesia é importante na vida de todos. A poesia quebra a dureza da vida, resgata a beleza, muda o foco do olhar, permite que se deem outros tons para as mesmas cores, altera as emoções... e vai por aí afora. Por outro lado, do ponto de vista da relação do adolescente com a escrita, fazer versos é, talvez, a primeira tentativa que todos eles – ou a maioria – fazem de colocar para fora sua visão de mundo, sua carga sentimental. Só por isso a poesia já ocupa lugar de destaque na vida do adolescente. Quem já foi professor, como eu, sabe do que estou falando: quantos e quantos "cadernos de poesias" dos nossos alunos passaram por nossas mãos!

VOCÊ CONSIDERA QUE ALGUNS AUTORES O INFLUENCIARAM EM SEU PROCESSO DE ESCRITA? QUAIS?

• Não. Escrever é um processo muito solitário em que se vai arrancando coisas da imaginação. A mistura é muito grande. O repertório linguístico é infinito e pertence a todos e cada um vai tentando fazer o seu caminho, o seu jeito de lidar com as palavras. Acho que a influência pode ter acontecido pela leitura. Ler belos textos sempre impulsiona o desejo de escrever.